LA FILLE SUR LE PLONGEOIR

Avis aux lecteurs

Vous êtes nombreux à nous écrire
et nous vous en remercions.
Pour être sûr que votre courrier arrive,
adressez votre correspondance à :

Bayard Éditions
Collection Passion de lire
3 / 5, rue Bayard
75008 Paris.

Et bravo pour votre Passion de lire !

ILLUSTRATION DE COUVERTURE
JERRY FAYARD
D'APRÈS UNE PHOTO DE
CLAUDINE DOURY, AGENCE VU

ADAPTATION
JOSETTE CHAMBON-CHICHEPORTICHE

Cœur Grenadine

LA FILLE SUR LE PLONGEOIR

JANET QUIN-HARKIN

TRADUIT DE L'AMÉRICAIN
PAR MARIE-LORRAINE COLAS

PASSION DE LIRE
BAYARD POCHE

Titre original
SWEET DREAMS n° 6
California Girl

Loi n°49 956 du 16 juillet 1949
sur les publications destinées à la jeunesse
Dépôt légal mai 1997

ISBN : 2 227 72997 X

Chapitre 1

La cantine était bondée. Les élèves devaient crier pour s'entendre. Ne connaissant personne, je m'étais assise seule dans un coin.
C'était pareil tous les jours, depuis que nous avions quitté la Californie pour le Texas. J'en avais perdu l'appétit.
Il me restait encore une bonne demi-journée de cours avant de filer à la piscine pour mon second entraînement de la journée.
Celui du matin était un simple échauffement. L'habitude aidant, j'avais appris à nager sans être

totalement réveillée. Mais celui du soir était un vrai supplice ! Je peinais une première demi-heure sur un appareil de musculation, une énorme machine avec des poids qu'il fallait tirer, pousser, lever. Ensuite, je faisais deux heures de longueurs chronométrées. Ted Milner, mon entraîneur, me réservait toujours un traitement spécial.
– Nage libre pour tout le monde, disait-il. Sauf pour toi, Isabelle. Tu continues en papillon.

J'avais neuf ans lorsque ma mère m'avait inscrite à son cours de natation. Ted nous avait expliqué la technique du papillon. Tandis que les autres enfants s'aplatissaient sur l'eau comme des crêpes, moi, j'avais arraché mon corps de l'eau et j'étais partie comme une flèche.
– Jeune fille, tu es faite pour le papillon, avait déclaré Ted. Je voudrais parler à tes parents.

Ma mère est une ancienne championne de natation. Elle avait failli être sélectionnée pour les Jeux olympiques quand un malencontreux accident de voiture avec mon père l'avait empêchée de se présenter aux éliminatoires. Ted lui avait assuré qu'elle prendrait sa revanche grâce à moi. Depuis, ils faisaient équipe tous les deux, et

quelle équipe ! Jour et nuit, ils étaient sur mon dos.
« Ted ne t'a pas dit de te coucher tôt ? » me demandait maman.
« Ta mère ne t'a pas dit de mettre un bonnet après l'entraînement ? » s'inquiétait Ted.

Un groupe de filles passa devant ma table. Je reconnus parmi elles Tess Reinard et Mary Cox. Moulées dans leurs pantalons en stretch et leurs tee-shirts, elles se dirigeaient vers la sortie, le sourire ravageur. Malgré moi, je les regardai avec envie.
Quand on est maigre comme je le suis et que l'on flotte dans son jean, on ne se sent pas toujours très bien dans sa peau. Sans compter que mes cheveux sont raides comme des baguettes de tambour et que je suis obligée de les couper très court à cause de la piscine.
En Californie, ils avaient pris des reflets dorés avec le soleil. Ici, ils restaient désespérément ternes. J'avais tenté de les décolorer, mais après trois jours de piscine, ils avaient tourné au jaune paille.
Tess et Mary s'arrêtèrent devant moi, me toisèrent des pieds à la tête, puis repartirent. Je surpris une partie de leur conversation :

– On ne dirait pas, hein ? On ne voit pas ses muscles.

– Ni ses muscles ni le reste.

Et elles poussèrent la porte de la cantine en gloussant.

Je me sentis minable et abandonnée. Même si je revenais des Jeux olympiques avec une médaille d'or, ces filles continueraient de se moquer de moi.

J'eus alors le sentiment que quelqu'un m'observait. Je me retournai. Dans l'ombre, à droite de la porte, un garçon aux cheveux noirs me dévisageait. Je regardai autour de moi pour m'assurer qu'il n'y avait pas quelque divine créature blonde assise entre sa table et la mienne. Non, c'était bien moi qu'il fixait. Gênée, je continuai de manger. Pourquoi me regardait-il ainsi ? Je jetai un rapide coup d'œil dans sa direction.

Ce sont ses grands yeux graves et tristes que je remarquai en premier. Ce garçon ressemblait à un lord anglais comme on en voit dans les films.

« Ressaisis-toi, Isabelle, me dis-je. Ce garçon te regarde parce qu'il a entendu parler de la folle qui se lève tous les jours à cinq heures du matin pour s'entraîner au cent-mètres papillon. »

J'avais fini mon repas. Je n'avais donc plus aucune raison de m'attarder. Je rassemblais mes

affaires quand l'idée de passer à côté de lui me traversa l'esprit. On ne sait jamais. Peut-être avait-il envie de me parler ? Je m'approchai.
J'avais prévu de passer en coup de vent, telle une femme d'affaires pressée en retard pour son prochain rendez-vous. Mais arrivée à sa hauteur, je fis soudain un faux pas. Je m'agrippai aussitôt à sa chaise pour ne pas chuter, et fis tomber les feuilles posées sur sa table.
Comme je me baissais pour les ramasser tout en bafouillant une excuse, ma main s'immobilisa. Bien en évidence sur le sol, il y avait un très joli dessin. Et ce dessin me représentait, moi, Isabelle Webster !
– C'est à toi ? lui demandai-je en me relevant.
En rougissant, il fit signe que oui et s'empressa de reprendre son bien.
C'est à ce moment que je m'aperçus que j'avais trébuché sur une paire de béquilles.

Chapitre 2

Quelqu'un de spontané aurait dit : « Tiens, qu'est-ce que tu t'es fait à la jambe ? » Mais je n'osai pas. Le garçon marmonna qu'il allait être en retard, puis il se leva en s'aidant de ses béquilles et se dirigea vers la sortie en boitant. Je passai l'après-midi à rêvasser. Je devais paraître vraiment dans la lune, car M. Schiffman, le professeur de chimie, me demanda si je comptais les mouches. Devant mon air étonné, toute la classe éclata de rire.

Après les cours, je me dépêchai d'attraper mon

bus pour rentrer. Une fois à la maison, j'enfilai mon maillot de bain et avalai un verre de lait et un sandwich. Dix minutes plus tard, on klaxonnait devant la porte.

En Californie, le trajet jusqu'à la piscine était l'un des meilleurs moments de la journée. Nous étions cinq : quatre garçons et moi. Nous passions le voyage à nous moquer de Ted ou à parler des prochaines compétitions. Ici, au Texas, j'étais la seule dans l'équipe de natation à être aussi âgée. Dans la voiture, je retrouvais Laure Peterson, qui était encore au collège, ainsi que deux débutants.

Nos mères nous conduisaient à tour de rôle. Cette semaine-là, c'était Mme Peterson qui était au volant. Je ne supportais pas cette femme, avec sa mise en plis impeccable. Elle était persuadée que sa fille deviendrait une grande championne. J'ignorais comment elle avait pu se mettre cette idée en tête ! À treize ans, Laure était l'une des plus mauvaises nageuses que j'avais jamais rencontrées. Elle agitait les bras comme un moulin à vent et, dès qu'elle était fatiguée, elle se cramponnait aux bouées pour se reposer. Mais cela n'empêchait pas sa mère de parler d'elle avec une fierté attendrie.

– Bonjour, Isabelle, me dit Mme Peterson quand je montai. On était justement en train de se disputer à ton sujet. Laure prétend que tu nages le cent-mètres papillon en moins d'une minute. C'est possible ?
J'acquiesçai vaguement en hochant la tête. En Californie, je n'étais pas la seule de l'équipe à réaliser ce temps, mais ici, au milieu de ces nageurs médiocres, j'étais une vraie vedette, et passais pour une prétentieuse.
– C'est normal, Maman, s'exclama Laure. Elle est championne junior. C'est Ted qui me l'a dit.
Cette nouvelle eut le mérite de faire taire Mme Peterson. Laure alluma la radio qui se mit aussitôt à beugler, et j'en profitai pour repenser à l'étrange garçon de la cantine. Pourquoi avait-il fait mon portrait ? Il fallait que je me renseigne auprès de Marilyn.

Marilyn Gotter était ma voisine. Je ne la connaissais pas très bien, car ma mère ne l'aimait pas trop. Elle lui trouvait mauvais genre : elle était trop maquillée, portait des jeans trop serrés et des tee-shirts trop courts.
Nous avions rencontré les Gotter le jour de notre emménagement. Notre moral n'était pas au beau fixe : nous étions au milieu de nos cartons, mon

père était fatigué et ma mère voulait déjà repartir en Californie.
Marilyn et sa mère étaient entrées sans frapper.
– Bonjour, je suis votre voisine, j'ai pensé que vous n'auriez pas envie de faire la cuisine, avait lancé Mme Potter. Je vous ai apporté un poulet. Et voici ma fille.
Marilyn était nonchalamment appuyée contre la porte.
– Dis bonjour gentiment, lui avait ordonné Mme Potter, exaspérée.
– Bonjour-gentiment, avait répété Marilyn.
Mme Gotter avait secoué la tête :
– C'est l'âge ingrat. J'imagine que tous les parents passent par là !
Bien sûr, la conversation avait très vite porté sur mes exploits sportifs.
– Marilyn aussi a fait partie d'une équipe de natation, avait continué Mme Potter. Elle était plutôt bonne, mais elle a arrêté. Ah, si elle pouvait s'y remettre...
– La barbe ! avait grogné Marilyn.
– Vous pourriez peut-être passer la prendre quand vous emmenerez votre fille ? avait demandé Mme Potter.
L'idée de m'occuper de Marilyn ne m'enchantait guère. J'étais sûre qu'elle allait détester l'entraî-

nement. Je me trompais. Marilyn adorait la natation, enfin, les garçons de l'équipe de natation, et surtout Ted, qu'elle trouvait irrésistible...
En revanche, elle détestait l'eau et avait toujours une bonne excuse pour justifier ses retards ou ses absences : elle s'était foulé le pouce en prenant un livre à la bibliothèque, elle avait un rhume ou une allergie au chlore.

Lorsqu'elle arriva ce jour-là, j'en étais déjà à ma vingtième longueur. Ted était de mauvaise humeur. Ces derniers temps, il pestait sans arrêt. Il ne souriait plus et passait son temps à crier et à froncer les sourcils. J'avais ma petite idée sur la raison de sa morosité. En Californie, il avait sous sa responsabilité une équipe de plus de deux cents nageurs ; il était assisté par deux autres entraîneurs, ce qui lui permettait de ne s'occuper que des seniors.
Lorsqu'on lui avait proposé de venir au Texas pour monter une nouvelle équipe de haut niveau, il avait accepté. Mais il n'avait découvert aucun nouveau talent et faisait travailler des débutants ou des nageurs quelconques, comme Marilyn.
C'est pour ça qu'il me mettait constamment sous pression, ne comprenant pas que je n'étais plus motivée. Avant, j'appartenais à une équipe dans

laquelle on se battait pour gagner. Ici, j'étais seule. Personne ne m'attrapait par les talons si je ralentissais, personne ne cherchait à me dépasser dans les sprints.

– Tu peux m'expliquer ce que tu es en train de faire, Isabelle ? hurla Ted. Je t'ai dit de sprinter, pas de dormir ! C'est une équipe de natation, pas un centre de réhabilitation pour handicapés.

Sa remarque ne me fit pas rire et je bâclai les dernières longueurs.

Une fois hors de l'eau, je me dépêchai de retrouver Marilyn dans les vestiaires. Elle était sortie avant tout le monde, car elle s'était soi-disant fait mal au dos pendant le cours de gym. Elle nouait déjà ses lacets quand je m'assis à côté d'elle.

– Dis donc, Ted n'est pas très sympa avec toi, me fit-elle remarquer. S'il continue de crier comme ça, j'arrête. De toute façon, l'ambiance est mauvaise ici. Je t'ai parlé de mon ancien entraîneur ? Un soir, il m'a ramenée en voiture... Et ma mère est devenue hystérique. Elle n'aime pas que je traîne avec des garçons plus âgés que moi.

– Justement, Marilyn, la coupai-je. Je voudrais te parler d'un garçon que j'ai vu au lycée.

– Ah, oui ? Et comment s'appelle-t-il ? demanda-t-elle malicieusement.

– Je ne sais pas. Il est grand, pas mal, les cheveux

bouclés, avec d'immenses yeux noirs. Et il a des béquilles.

– Ah, Mark Waverly ! Tu sais qu'il a eu un accident ?

– Un accident de voiture ?

– Non, de foot. C'était un des meilleurs joueurs de football américain du lycée. Personne ne pouvait le rattraper quand il sprintait. Au cours d'un match de championnat, l'année dernière, tous les gars de l'autre équipe lui sont tombés dessus. Ils l'ont cloué au sol.

– Il a été gravement blessé ?

– Il n'a quitté l'hôpital qu'au printemps. On a longtemps cru qu'il ne remarcherait plus. C'est dommage, il était vraiment sympa avant son accident. Il faisait toujours des blagues. Depuis, on dirait qu'il s'est coupé du monde. On ne peut plus lui parler. Essaie, tu verras !

Chapitre 3

De retour à la maison, je remarquai, intriguée, la voiture de mon père garée dans l'allée. D'habitude, il n'était jamais là avant huit heures, à cause de la circulation.

En Californie, nous vivions dans une sorte de mini-ranch. Le mètre carré étant moins cher au Texas, mes parents avaient acheté une belle maison de style colonial, avec balcons et colonnades, comme dans *Autant en emporte le vent*. Je m'attendais toujours à voir des jeunes filles en crinoline sortir de chez moi.

L'entrée était magnifique. Lorsque nous avions emménagé, un voisin avait déclaré : « Il vous faudra attendre le mariage de votre fille pour repartir en Californie. Vous l'imaginez descendant l'escalier dans sa longue robe blanche ! » Au rythme où je rencontrais des garçons, mes parents étaient sûrs de rester ici une bonne cinquantaine d'années !

J'ouvris la porte. Le ventilateur faisait un tel bruit que personne ne m'entendit. Mes parents discutaient dans la cuisine. Ou plutôt, ils se disputaient. C'était devenu fréquent depuis que mon père avait accepté ce nouveau poste.
Il avait longtemps travaillé dans une petite entreprise familiale qu'il avait quittée pour une société beaucoup plus compétitive à Houston. Le salaire était meilleur, mais mon père subissait une très forte pression. En temps normal, c'est quelqu'un d'assez facile à vivre. Maintenant, il se mettait en colère pour un oui pour un non : l'arrosage automatique qui n'était pas arrêté, ma bicyclette qui traînait dans l'allée...
– Ne me dis pas que tu aimes cet endroit, Florence ! hurlait-il.
– C'est vrai, je regrette la Californie, répondit ma mère calmement. Mais on ne va pas rester là

toute notre vie ! L'an prochain nous serons fixés. Nous saurons enfin si Isabelle est sélectionnée pour les Jeux olympiques.

– Mais ta fille n'est pas heureuse ici ! Tu ne le vois donc pas ?

– Il fallait qu'elle continue l'entraînement avec Ted. C'est tellement important pour elle !

– Pour elle ou pour toi ? demanda mon père. Certains jours, j'ai l'impression qu'elle se soucie de la natation comme d'une guigne.

– Comment peux-tu dire une chose pareille ? Elle a décidé d'y consacrer sa vie.

– Non ! *Tu* as décidé d'y consacrer *sa* vie. On a commis une erreur en venant ici. On était plus heureux en Californie. Et je t'en supplie, Florence, ne me répète pas que mon nouveau travail est plus intéressant. Si tu n'avais pas trouvé le moyen de me culpabiliser avec cet accident, il y a belle lurette qu'on serait déjà repartis.

Jamais je n'avais entendu mes parents se parler avec autant de violence. Que se passait-il ? Je ressortis à pas de loup.

Quand j'entrai à nouveau, je fis claquer la porte bien fort :

– Bonsoir, tout le monde ! Je meurs de faim !

Chapitre 4

Le lendemain matin, alors que je courais pour ne pas être en retard, je bousculai un élève à l'entrée du lycée. C'était Mark !

– Salut ! m'écriai-je, toute heureuse.

À sa réponse distraite, je compris qu'il m'avait déjà oubliée.

J'avais pensé à la dispute de mes parents toute la nuit. Ils ne m'avaient jamais dit qu'ils étaient venus au Texas pour que je continue à m'entraîner avec Ted. Ils avaient parlé d'une coïncidence heureuse. J'avais eu quelques soupçons au moment du déménagement, c'est vrai. Mais aucune certitude. À présent, il n'y avait plus de doute possible, ils avaient bien quitté la Californie pour moi. Ma mère ne se plaisait pas ici, et mon père n'aimait pas son travail. S'ils prenaient leur mal en patience, c'était en attendant le jour où je serais sélectionnée pour les Jeux olympiques. Or, depuis notre arrivée, il fallait reconnaître que mes performances étaient désastreuses : si je ne me ressaisissais pas, je ne serais même pas qualifiée pour le championnat national.

J'imaginais déjà ma mère m'accablant de reproches l'été prochain : « Après tous nos sacrifices pour toi ! Tu aurais tout de même pu faire un petit effort ! »

Comme je n'arrivais pas à dormir, je m'étais levée et étais allée à la fenêtre. La lune se reflétait dans l'eau de la piscine. Le coassement des grenouilles se mêlait au chant des insectes. C'était une belle nuit de fin d'été, une de ces nuits qui donnent envie de courir pieds nus dans l'herbe. Sauf qu'au Texas, on ne court jamais pieds nus dans l'herbe, à cause des serpents.

Quand j'étais enfin retournée me coucher, ma décision était prise : si je ne revenais pas très vite à mon meilleur niveau, j'arrêtais. « Et que

deviendras-tu si tu arrêtes la natation ? avait aussitôt demandé une petite voix au fond de moi. Tu vas te retrouver sans amis, sans ambition... »
Pour chasser ma mélancolie, je me mis à rêver à Mark Waverly et à notre seconde, puis troisième rencontre. Il me montrait ses dessins, je lui avouais mon admiration, nous sympathisions, je l'aidais à retrouver le goût de vivre.
Mais le lendemain au lycée, alors que je venais de le bousculer, il m'avait à peine regardée...

Je ne le revis qu'à l'heure du déjeuner, à la cantine. Il était de nouveau seul à sa table. Je pris mon courage à deux mains et allai m'asseoir à côté de lui. Il leva ses yeux sombres vers moi d'un air interrogateur.
– Salut, dis-je timidement.
– On ne se dispute pas pour me tenir compagnie ces derniers temps, tu sais, me répondit-il. Tu n'as pas d'amis ?
– Je suis nouvelle.
– Tu devrais faire partie d'un club !
– Je n'ai pas le temps. Je vais à la piscine tous les soirs, lui expliquai-je.
– Ah oui ?
Pour la première fois, une lueur s'était allumée dans ses yeux.

– Laquelle ? voulut-il savoir.
– Celle du nouveau centre sportif.
– Ils ont une équipe de natation ?
– Oui, les Marlins du Texas. L'équipe existe depuis un an à peine.
– Pourquoi tu ne t'entraînes pas avec l'équipe du lycée ?
Ne voulant pas lui expliquer que Ted trouvait le niveau trop médiocre et qu'il craignait que je ne perde mon temps, je répondis, détachée :
– Je suis arrivée trop tard. L'année prochaine, peut-être...
Il dut penser que j'avais échoué à la sélection, car il me jeta un regard presque compatissant !
– C'est vrai que ce n'est pas facile d'être admis dans l'équipe du lycée. Je me souviens...
Mais il s'arrêta. J'aurais pu terminer sa phrase : « quand j'ai passé la sélection pour être admis dans l'équipe de foot ».
Il resta silencieux pendant quelque temps, piochant dans son paquet de chips tandis que j'engloutissais mes sandwichs. Pour finir, il déclara :
– Eh bien, moi qui croyais que toutes les filles surveillaient leur ligne !
– Il faut que je mange, je nage cinq heures par jour.

– Cinq heures par jour ! Tu t'entraînes pour les Jeux olympiques, ou quoi ?
À son ton, je compris qu'il se moquait de moi.
– Méfie-toi, ajouta-t-il soudain en me regardant avec une étrange intensité, il arrive qu'on passe des heures à s'entraîner pour rien. Comment t'appelles-tu ?
– Isabelle, Isabelle Webster.
– Moi, c'est Mark Waverly. Inutile d'essayer de t'en souvenir. Tu m'oublieras vite.
– Je ne vois pas pourquoi.
– Personne n'aime les paralytiques.
– Tu marches avec des béquilles, ça n'a rien à voir. Et ça ne va pas durer toute la vie.
– Si.
Il avait répondu avec tant de brusquerie que je m'empressai de passer à un autre sujet.
– Ça fait longtemps que tu prends des cours de dessin ? Tu te débrouilles plutôt bien.
– Je n'ai jamais pris de cours. Je dessine, c'est tout.
– Le portrait que tu as fait de moi est très ressemblant. J'aimerais bien voir tes autres dessins.
– Je ne les montre pas. C'est personnel.
C'était comme s'il m'avait donné une claque. De toute évidence, il n'avait pas envie de parler. Je commençai à rassembler mes affaires en silence,

mais, avant de partir, la curiosité l'emporta :
– Pourquoi as-tu fait ce dessin de moi ?
J'aurais voulu qu'il me dise qu'il m'avait trouvée jolie, mystérieuse ou intéressante.
– Tu veux savoir pourquoi ? Parce que tu avais l'air désespéré. Ton visage exprimait parfaitement ce que je ressens ces derniers temps.
En sortant de la cantine, je comprenais maintenant ce que Marilyn avait voulu dire. Mark refusait tout témoignage de sympathie.
Si je m'étais parfois sentie malheureuse, ce n'était rien en comparaison de ce qu'il semblait éprouver.

Chapitre 5

Ma courageuse tentative pour me lier d'amitié avec Mark Waverly avait échoué. Rien que d'y penser, j'avais envie de me cacher dans un trou de souris. « Regarde les choses en face, Isabelle, me dis-je, plantée devant le miroir de ma chambre. Tu auras toujours cet air empoté. Tu ne descendras jamais l'escalier de la maison vêtue d'une magnifique robe de mariée. D'ailleurs, personne ne t'a même invitée à la fête du lycée. »

J'avais découvert l'existence de cette fête la

veille au soir, grâce à la visite inattendue de Marilyn venue emprunter mon livre de maths.
– Ah, c'est toi, Marilyn, s'était exclamée ma mère, glaciale, en lui ouvrant la porte. Tu peux monter voir Isabelle. Mais ne reste pas longtemps. Elle doit se lever tôt pour aller à l'entraînement demain.
Marilyn s'était précipitée dans ma chambre. Elle avait pris le livre d'exercices et tourné les pages rapidement.
– Tu n'aurais pas les solutions, par hasard ? Je déteste l'algèbre, je n'y comprends rien.
– Écoute, Marilyn, ça m'embête que tu copies sur moi.
Marilyn est de bonne composition, elle ne se vexe jamais.
– Pas de problème. Je te rends le livre demain matin. Au fait, qui t'invite ?
– Qui m'invite où ?
– Mais à la fête du lycée, voyons ! D'où sors-tu ? C'est le plus grand événement de l'année. Ça commence par la parade demain après-midi, puis il y a le couronnement de la reine, le match de foot et enfin le bal.
– Et toi, qui t'emmène ? demandai-je.
– Je n'arrive pas à me décider. J'hésite entre Robert et Peter. Mais j'irai peut-être avec Charly,

tu sais, le grand blond avec le blouson en jean.
– Tiens-moi au courant, que je sache qui tu me laisses !
– Je te le promets, avait-elle répondu le plus sérieusement du monde. À demain !

Le lendemain, au lycée, toutes les filles parlaient de la fête, de leur cavalier et de leur robe. Pour une fois, Marilyn n'avait pas exagéré. Je me demandais comment j'avais fait pour ne pas être au courant plus tôt.
J'étais apparemment aussi la seule à ne pas avoir été invitée. Même si je n'aimais pas le football et que je ne savais pas danser, je me sentais abandonnée. « De toute façon, ni ma mère ni Ted ne m'auraient permis d'y aller », me dis-je pour me consoler. La compétition régionale devait avoir lieu dans quelques semaines, et Ted m'avait clairement fait comprendre que l'équipe du Sud du Texas comptait sur moi pour battre celle du Nord.
J'avais décidé de ne plus chercher à revoir Mark. Je ne tenais pas à être humiliée une seconde fois. Aussi, quand je l'aperçus dans le couloir, je m'empressai de me cacher dans les toilettes.
J'en ressortis cinq minutes plus tard et me dirigeai vers les casiers. Je m'arrêtai net quand je le

vis une nouvelle fois. Il se tenait devant l'un d'eux. L'air détaché, je m'approchai de mon casier et ouvris la porte, oubliant que j'étais partie précipitamment la veille. Lorsque je m'en souvins, il était trop tard : les affaires que j'avais fourrées en vrac à l'intérieur étaient déjà par terre.
– Tu veux que je t'aide ? demanda Mark dans mon dos. Je ne peux pas me baisser, mais je peux ranger.
Quelques secondes après, tout était rentré dans l'ordre.
– Merci.
Je me relevai, assez gênée.
– Je me sens un peu stupide, marmonnai-je.
– N'exagérons rien. Imagine que ce soit toi qui tombes et que tu ne puisses pas te relever. Ça m'arrivais souvent, au début, avec mes béquilles. Là, crois-moi, tu te sens vraiment ridicule.
Il souriait presque en disant ça.
– Je vais être en retard, murmurai-je en prenant mes livres.
– Isabelle... Attends... Je voulais te donner quelque chose.
Il me tendit une feuille de papier. C'était mon portrait.
– Je suis désolé pour hier, ajouta-t-il, les yeux

baissés. Je n'aime pas qu'on ait pitié de moi. Et puis, je ne veux pas que les copains avec qui je jouais au foot avant sachent que je dessine. Ils trouveraient ça bizarre. Je regrette d'avoir été désagréable. Tu avais besoin de parler à quelqu'un, c'est ça ? C'est après que je l'ai compris. Cela ne doit pas être évident de changer de lycée.

Au moment où nos regards se croisèrent, Carl s'approcha de nous. Il portait le blouson de l'équipe de foot.

– Hé, Mark ! Je passe te prendre ce soir ?

– Je ne vais pas au match, répondit Mark.

– Tu n'y vas pas ?

– Non.

– Mais tu ne peux pas nous faire ça ! On compte tous sur toi.

Mark semblait partagé entre l'envie d'accepter et celle de refuser.

– Bon, d'accord pour le match, dit-il finalement. Mais je n'irai pas au bal.

Carl lui donna une tape amicale dans le dos et hocha la tête :

– Je comprends, vieux. Alors, je peux dire aux copains que tu seras là ?

– Oui.

– Génial ! Alors, à ce soir ! dit-il en partant.

Quand je fis mine de m'éloigner à mon tour, Mark me retint par le bras :
– Et toi, tu vas au match ?
– Non, je ne crois pas.
– Tu n'aimes pas le football américain ?
– Pas trop, répondis-je.
– Tu n'as pas intérêt à le dire trop fort ici, fit-il remarquer en souriant. Tu risques la potence !
– En fait, je n'y connais rien.
La vérité était que j'espérais secrètement qu'il m'inviterait.
– Tu peux encore changer d'avis, se contenta-t-il d'ajouter.
La conversation en serait restée là si la Providence, en la personne d'Annie Chapman, ne s'en était mêlée. Annie avait été élue reine des majorettes l'an passé. C'était la première fille dont j'avais entendu parler en arrivant au lycée. Tout le monde chuchotait sur son passage comme si elle était le sosie de Claudia Schiffer.
Annie s'avançait, en marchant de façon provocante. Je m'attendais à ce qu'elle passe sans s'arrêter, mais elle se planta devant nous.
– Salut, Mark, dit-elle en rejetant ses longs cheveux blonds en arrière. Tu vas bien ? Ça fait une éternité que je ne t'ai pas vu.
– Hmmm, fit Mark.

– Je voulais t'appeler pour te dire que je pouvais t'emmener à la fête. En se serrant, on devrait tous tenir dans la voiture.
– C'est inutile, répondit Mark posément. J'y vais avec Isabelle.
– Ah ? s'étonna-t-elle.
Annie sembla tout à coup découvrir mon existence. Elle me toisa de ses yeux bleu métallique, froids comme ceux d'un serpent.
– Alors passe une bonne soirée !
Elle s'éloigna en faisant onduler sa chevelure. On aurait dit une publicité pour une marque de shampooing.
– Je suis désolé, s'excusa Mark après son départ. J'aurais dû t'inviter avant. C'est un peu maladroit de ma part, je sais, mais j'aimerais sincèrement que tu m'accompagnes. Ce serait l'occasion pour toi de voir un bon match de foot. Seulement, je ne pourrai pas venir te chercher. À cause de ma jambe...
– Mon père acceptera peut-être de me laisser la voiture...
– Excellente idée. Je n'ai pas très envie que Carl nous emmène.
La sonnerie retentit à ce moment-là. Quiconque n'était pas en classe dans les trois minutes suivant l'appel était marqué absent. Je risquais

d'être en retard, mais je m'en moquais. Pour la première fois de ma vie, un garçon venait de m'inviter à sortir. Et pas n'importe quel garçon : Mark Waverly ! Je me rendis au cours de maths en sautillant comme une gamine.

Chapitre 6

– Dis donc, il ne se serait pas passé quelque chose entre Mark Waverly et Annie Chapman ? demandai-je innocemment à Marilyn en reprenant mon flacon de shampooing qu'elle avait largement entamé.

Nous étions à la piscine. Pour une fois, Marilyn avait suivi l'entraînement sans se plaindre.

– Comment, tu ne sais pas ? C'était *le* couple du lycée. Enfin, jusqu'à l'accident de Mark...

Elle marqua une pause, le temps de se rincer les cheveux.

– Le choc a été terrible. Lorsque Annie a appris que Mark ne remarcherait plus, elle l'a aussitôt laissé tomber pour Chuck Harrison. Tu vois qui est Chuck ? Un grand blond aux cheveux bouclés.

Puis, baissant la voix comme si, malgré le bruit des douches, on pouvait nous entendre, elle ajouta :

– Il paraît même qu'Annie a dit qu'elle était trop jeune pour passer sa vie avec un paralytique.

Je restai pensive. Mark avait fait tellement de progrès ces derniers temps qu'elle pourrait bien regretter ces paroles un jour ou l'autre !

De retour à la maison, je demandai à ma mère la permission d'aller au match.

– Le championnat est pour très bientôt, et le Sud a besoin de toi pour gagner, me rappela-t-elle sèchement.

J'allais répliquer que je m'en moquais éperdument, mais elle me devança :

– Je me doute que tu te fiches du Sud comme de ta première chemise. Mais c'est une compétition importante : toute l'équipe d'Austin y sera.

Je me tournai vers mon père. Peut-être allais-je trouver un appui de son côté ?

– Papa, tu as dit que tu voulais que je fasse un

effort pour m'intégrer. Alors, voilà, je fais un effort !

– Je ne sais pas, Isabelle...

Il hésitait, se grattant la tête et guettant la réaction de ma mère.

– Si c'est une compétition importante...

– Mais, Papa, je ne vous demande pas la permission d'aller danser toute la nuit ! C'est juste un match de foot. Ça finit à dix heures. Ensuite, je rentre.

– Bon, d'accord ! Après tout, il est normal que tu participes aux activités de l'école.

– Oh, merci, Papa !

Je me jetai à son cou. Et comme il était dans de bonnes dispositions, j'en profitai pour solliciter une autre faveur :

– Au fait, je...

– Tu n'as plus d'argent ?

– Non, ce n'est pas ça. Simplement, il fera nuit et je... Enfin... Je peux prendre la voiture ? Je ferai très attention. Le stade est tout près. Tout le monde va danser après, et il n'y aura personne pour me ramener.

Mon père fit la grimace :

– Je ne veux pas que tu conduises ici, Isabelle, tu le sais. Les Texans sont complètement fous dès qu'ils ont un volant entre les mains, les jeunes en particulier. Pour peu qu'ils prennent une bière ou deux... Non, je regrette. Mais si tu veux, je te conduirai et j'irai te rechercher.

– Merci, Papa ! On pourra passer prendre quelqu'un ?

– Évidemment. Où habite-t-elle ?

– Elle s'appelle Mark, Papa.

– Oh ! firent en chœur mes parents.

– Et il ne prend pas sa voiture ? demanda mon père d'un ton soupçonneux.

– Il ne conduit pas.

– Un garçon qui ne conduit pas ? C'est une espèce rare de nos jours...

– Il s'est blessé l'an dernier. Il marche avec des béquilles.

Mark habitait au beau milieu d'une forêt marécageuse, comme il y en a beaucoup au Texas. En arrivant, je découvris avec surprise, au bout d'une longue allée une énorme bâtisse. Elle ressemblait encore plus que la nôtre à la demeure d'*Autant en emporte le vent*.

J'avais prévenu Mark que mon père nous emmènerait. Cela n'avait pas paru le gêner. D'ailleurs, une fois les présentations faites, ils se mirent à discuter tous les deux comme de vieux complices. Mark se livra un peu.

– C’est le seul bon côté de l’accident, expliqua-t-il. Je ne pourrai sans doute plus jamais monter à cheval. Mon père a toujours espéré que je lui succéderais. Mais je n’aime pas les chevaux. Ils me font peur, et ils le sentent. Ce que je voulais, c’était obtenir une bourse pour devenir footballeur professionnel...

Le stade d’Oak Creek était bondé. Heureusement, l’entraîneur de l’équipe nous avait gardé des places.

À la fin du concert d’ouverture, j’étais aussi déchaînée que les autres. Alors que l’orchestre entonnait le thème du film *Rocky*, les majorettes firent leur apparition. Leurs uniformes scintillaient sous les projecteurs. Elles formèrent une pyramide, avec Annie à leur tête, plus belle que jamais. Ma gorge se noua. Je repensai à la sensation que j’avais eue le jour où j’avais gagné le championnat de la côte Ouest. Avant la compétition, le drapeau américain avait été hissé et l’hymne national avait retenti. Jamais je ne m’étais sentie aussi importante. J’avais dix ans.

Une immense clameur monta des tribunes quand l’équipe sortit du vestiaire en courant. Les joueurs passèrent près de nous et saluèrent Mark. Ce fut un match extraordinaire. Je ne cessais de me lever et de me rasseoir. Je criais même aussi fort que les supporteurs lorsque notre équipe marquait un but. Trois minutes avant la fin, on en était à quatorze partout. Puis, il y eut une passe fabuleuse. Chuck sembla se projeter en l'air. Sa main saisit la balle au vol, et il partit en courant, laissant loin derrière lui les défenseurs de l'équipe adverse. Après un ultime bond, il marqua l'essai. Les spectateurs hurlaient et tapaient des pieds. C'était fini. Nous avions gagné. Tout le monde semblait heureux, tout le monde sauf Mark.

– Laissons d'abord ces dingues sortir, dit-il en me retenant par la manche.

Puis il se tut. Je n'osais pas parler. Le stade se vidait peu à peu. Mark repensait-il au match de l'an passé ? Peut-être était-ce lui qui avait marqué l'essai gagnant ?

– À quelle heure ton père vient nous chercher ? me demanda-t-il enfin.

– À dix heures.

– Il est à peine neuf heures. On passe à la fête quelques minutes ?

– Je croyais que tu ne voulais pas y aller.

– J'ai changé d'avis, dit-il.

– Mais je ne suis pas habillée pour aller danser !

– Moi non plus. On va juste dire bonjour et on s'en va.

– Comme tu veux.
Même en jean et baskets, il fallait manquer de bon sens pour refuser d'accompagner Mark Waverly au bal !
Alors que nous marchions côte à côte, il se tourna vers moi et me regarda en souriant.
– C'était bien toi qui disais que tu n'aimais pas le football ? plaisanta-t-il. Ce n'est pas franchement l'impression que tu m'as donnée tout à l'heure.
– C'est vrai. Je ne pensais pas qu'un match pouvait me mettre dans un état pareil.
La musique arrivait jusqu'à nous. Une voiture se gara sur le parking et un couple en sortit. Le garçon portait un costume bleu marine, la fille une longue robe couleur abricot. Sur le ruban de l'orchidée fixée à son épaule, on lisait en lettres dorées : « Tina et Franck ». C'était de très mauvais goût, mais cela avait sûrement coûté très cher.
Mark s'arrêta tout à coup.
– J'ai oublié quelque chose, dit-il. Attends-moi ici.
Et il s'éloigna aussi vite que ses béquilles le lui permettaient.
À mesure que les minutes passaient, j'étais de moins en moins rassurée. Pourquoi était-il parti si brusquement ?

Enfin je le vis revenir.
– Une fille ne peut pas aller au bal sans un bouquet, m'expliqua-t-il. C'est la tradition.
Il me tendit de très belles fleurs rouges.
– D'où viennent-elles ?
– Tu n'es pas censée le savoir.
C'est alors que je me rappelai où je les avais vues : devant le bureau du directeur, à l'entrée du lycée. Il les fixa à l'une de mes boutonnières et s'écarta pour admirer le résultat.
– Parfait ! On peut y aller.
Je me sentais plutôt mal à l'aise au milieu de tous ces couples en tenue de soirée. Mark, lui, s'en moquait. Il discutait joyeusement avec ses copains.
– Tu sais, me confia-t-il en triturant la paille de son Coca, je pensais que ce serait atroce de devoir regarder les autres jouer. Au moment de l'hymne, j'ai même failli m'en aller. Je me disais : « Ce ne sera plus jamais pour toi, mon vieux. »
– Tu es vraiment sûr de ne plus pouvoir rejouer ? Les médecins avaient dit que tu ne remarcherais pas, et tu remarches. À mon avis, si tu faisais des exercices, ta jambe refonctionnerait comme avant.
– Qu'est-ce que tu en sais ? répliqua-t-il d'un ton sec. Ma jambe est morte, je te l'ai déjà dit. Je ne la sens plus.

– Excuse-moi, je ne voulais pas te...
– Non, c'est moi, je suis désolé. J'ai un sale caractère, je tiens ça de ma grand-mère. Elle était irlandaise, ajouta-t-il en souriant.
Il me prit doucement la main :
– Merci de m'avoir accompagné. Je ne serais pas venu sans toi.
– Ce n'est rien. J'ai passé un bon moment.
– Puisqu'on est voisins, tu pourrais passer chez moi après les cours, proposa-t-il.
– C'est que... entre la natation et les devoirs, je n'ai pas beaucoup de temps.
– Ah oui, j'avais oublié. Tu sais quoi, Isabelle ? J'aimerais bien venir te voir à l'entraînement.
– Je te préviens, c'est très ennuyeux. On fait des longueurs pendant des heures. Mais si tu veux, ma mère peut passer te prendre.
– Entendu. J'ai hâte de voir comment tu te débrouilles.
La fête battait son plein. Des couples de danseurs évoluaient sur la piste. Mark ne quittait pas Annie des yeux. Mais je n'y faisais pas très attention. Je venais de remarquer quelque chose de bien plus intéressant : les deux pieds de Mark bougeaient en suivant le rythme, le droit comme le gauche...

Chapitre 7

Les jours suivants, je repensais à Mark. Pourquoi prétendait-il que sa jambe gauche était paralysée alors que je l'avais vue battre la mesure le soir de la fête ?
Nous nous retrouvions désormais presque tous les midis pour le déjeuner. Je ne me faisais pas beaucoup d'illusions au sujet de Mark. Ce qu'il appréciait, c'était de pouvoir se confier à quelqu'un qui ne l'avait pas connu avant son accident. Il parlait librement, même de football. En revanche, il n'était jamais question d'avenir.

Je compris peu à peu pourquoi il n'abandonnait pas ses béquilles. Il avait beau être grand et fort, il avait peur. Lorsqu'on le voyait se déplacer avec elles, on se souvenait moins de l'athlète qu'il avait été. S'il se remettait à marcher normalement sans pouvoir rejouer, personne ne le remarquerait plus.
Il m'arrivait parfois d'éprouver la même chose. Un jour ou l'autre, je devrais arrêter la natation et accepter d'être un individu comme les autres. Mais je ne pouvais pas partager avec lui le fruit de mes réflexions. Pas maintenant.

Mark vint me voir nager le jeudi soir. Ma mère ne sembla guère apprécier la présence de cet étrange garçon qui risquait de perturber mon entraînement. En revanche, Laure fut conquise. Pendant tout le trajet, elle ne cessa de le dévisager. Le brusque accès de jalousie que je ressentis alors m'étonna. Pourtant, je n'avais pas à m'inquiéter. D'un bref coup d'œil, Mark m'avait signifié qu'il la trouvait quelconque.
Lorsque j'arrivai au bord du bassin en sa compagnie, Ted crut d'abord que je lui amenais une nouvelle recrue pour l'équipe.
Depuis qu'il était au Texas, il avait tendance à se comporter comme un agent d'Hollywood, tou-

jours en quête de nouveaux talents.

– Enchanté, dit Ted. Tu devrais venir nager. Rien de tel que la natation pour se refaire des muscles.

– Inutile, répondit Mark sèchement. Les nerfs de ma jambe gauche sont atteints.

– La natation, c'est bon pour tout, insista Ted. Tu peux me croire, ça te remettrait d'aplomb. Viens me voir un jour, je te ferai faire une série d'exercices.

Comme je voulais montrer à Mark ce dont j'étais capable, je me surpassai ce jour-là, au grand bonheur de mon entraîneur.

Alors que je sortais de l'eau, il vint vers moi.

– C'est ton petit ami ? me demanda-t-il en regardant Mark.

– Non, juste un copain.

Il sourit :

– Tu devrais lui dire de venir tous les jours. Tu n'as jamais nagé aussi bien depuis l'époque où tu voulais battre Ricky.

Je jetai une serviette sur mes épaules et enlevai mon bonnet. Mark était assis sur les gradins.

– Tu ne t'es pas trop ennuyé ? lui demandai-je en m'approchant.

Il me regarda bizarrement.

– Je ne me rendais pas compte..., dit-il d'une voix étrange.

– De quoi ?

– Quand on te voit comme ça, tu n'as pas l'air très sportive. Mais dans l'eau, surtout quand tu nages le papillon, tu deviens quelqu'un d'autre.

– Elle ne se débrouille pas trop mal, approuva Ted qui nous avait rejoints. Enfin, quand elle veut bien se donner la peine de travailler, ajouta-t-il en me faisant un clin d'œil.

Chapitre 8

Peu de temps après, la température tomba brutalement en dessous de zéro. Il n'y a pas d'automne au Texas, pas de feuilles qui jaunissent sur les arbres, pas de nuits qui fraîchissent. Il fait très chaud, et puis un jour, c'est l'hiver.

Un matin, alors que j'arrivais pour l'entraînement, Ted m'expliqua que le chauffage de l'eau de la piscine ne marchait pas.

– Je ne peux pas nager dans ces conditions, protestai-je aussitôt.

– Après quelques longueurs, tu ne le remarqueras même plus.

Mais j'eus beau nager, je continuais à grelotter. Je claquais des dents si fort que Ted me soupçonna d'exagérer.

– Arrête de faire le clown, Isabelle, il ne gèle pas !

Mais, en réalité, il faisait terriblement froid. Je me rhabillai en vitesse et le prévins que je ne viendrais pas à l'entraînement de l'après-midi.

– Le chauffage sera réparé demain. J'ai parlé au technicien, m'assura Ted.

Le lendemain, ce fut pire. Le chauffage ne marchait toujours pas et la température de l'eau avait encore baissé. Pour aggraver les choses, il se mit à pleuvoir. De grosses gouttes tombaient sur mon dos pendant que je nageais. Recroquevillé sous un grand parapluie, Ted s'efforçait de me soutenir, mais au bout d'un moment, il reconnut que je perdais mon temps.

Je repartis totalement déprimée. La compétition devait avoir lieu dans quelques jours. Je pouvais à peine remuer les bras tant l'eau m'avait refroidie. De plus, je savais que, s'il continuait de pleuvoir, Mark ne reviendrait pas.

Le reste de la journée fut à l'image de la matinée, cafardeux et triste. Mark ne vint pas à la cantine.

Je redoutais de devoir déjeuner seule. Heureusement, Marilyn me rejoignit. Elle s'assit à ma table et me demanda :
– Pourquoi fais-tu cette tête d'enterrement ?
Si je lui avais confié que c'était à cause de Mark, tout le lycée aurait été averti dans l'heure qui suivait.
– J'en ai assez de nager dans l'eau glacée, répondis-je. Je vais finir par être malade.
– Il est hors de question que je remette les pieds dans cette piscine tant que l'eau ne sera pas chauffée. J'aurais l'air de quoi, avec la peau toute bleue !
Je ne pus m'empêcher de sourire :
– Moi, je n'ai pas le choix. Je dois m'entraîner, chauffage ou pas. Le championnat national est dans quelques mois. Et si je ne le remporte pas, ma mère va m'arracher les yeux.
– Tu n'as qu'à lui dire que tu veux arrêter.
– Mais je ne veux pas arrêter !
– Isabelle ! Tu ne peux pas penser uniquement à la natation. Ce qu'il te faut, c'est un petit ami. À ce propos, où en es-tu avec Mark Waverly ? J'ai vu que tu déjeunais souvent avec lui. Il est aussi allé te voir nager, non ?
J'ignorais comment elle s'était débrouillée pour connaître tous ces détails. Elle n'était pas là le

jour où Mark était venu à la piscine.

Je tripotais mon sandwich sans répondre.

– Vous êtes ensemble, oui ou non ? demanda-t-elle alors brusquement.

Les élèves de la table voisine se retournèrent et nous regardèrent.

– C'est seulement un copain, bafouillai-je.

– C'est exactement ce que disent les stars dans les magazines, juste avant de filer à Las Vegas pour se marier.

– Il n'y a pas de danger. J'ai l'impression que Mark n'a pas remarqué que j'étais une fille !

Marilyn parut horrifiée :

– Fais quelque chose, je t'en prie, Isabelle ! Mets des vêtements un peu plus féminins ! Je t'aiderai. Bon, maintenant, il faut que j'y aille. Mary doit me prêter ses cours de chimie.

Pour l'entraînement du soir, Ted avait décidé qu'on travaillerait dans le bassin couvert. Ce fut pire que de nager sous la pluie dans l'eau glacée. La piscine couverte étant réservée aux petits, la température de l'eau n'était jamais inférieure à 30 °C. On étouffait. De plus, l'équipe qui s'entraînait à plonger à cette heure-ci avait pris possession de la partie la plus profonde du bassin. Ted fut obligé de nous rassembler sur trois couloirs. Je partis en tête, mais à la longueur suivante, je fus gênée par les autres nageurs, et chaque fois que je voulais les doubler, je recevais des coups de pied.

– D'accord, on laisse tomber pour aujourd'hui ! lança Ted, presque aussi découragé que nous.

Je retirai mon bonnet et m'approchai du bord. Je faisais la planche pour me décontracter quand j'aperçus deux pieds au bord de la piscine. Deux pieds et deux béquilles...

– Salut, sirène.

– Mark ! Qu'est-ce que tu fais ici ?

– Ma petite sœur devait aller à son cours de gym. J'en ai profité pour voir si tu étais là. Je t'ai manquée à midi pour le déjeuner. J'avais un devoir de chimie à rendre juste après. Tu as le temps d'aller boire quelque chose avant que ta mère vienne te chercher ?

– Oui, si je me dépêche. Aide-moi à sortir.

Je lui tendis la main. Au moment où il la saisit, il perdit l'équilibre et tomba dans l'eau. Il réapparut à la surface quelques mètres plus loin.

– Mais... qu'est-ce qui s'est passé ? demanda-t-il, stupéfait.

– Je crois que tu n'as pas assez de mains pour deux béquilles et une fille, répondis-je en essayant de garder mon sérieux. Tu sais, tu te débrouilles pas mal avec tes deux jambes !

Il me dévisagea, surpris, puis fit quelques mouvements prudents.

– Ça va effectivement mieux que je ne le croyais, reconnut-il. Ma jambe gauche bouge un peu. Finalement, je vais peut-être suivre le conseil de ton entraîneur.

Ma mère arriva à ce moment précis. Elle ouvrit des yeux ronds en voyant Mark dans l'eau.

– Que faites-vous là ?

– Votre fille vient de me donner une leçon de natation, répondit Mark sans se démonter.

Chapitre 9

Pour mon malheur, je tombai malade quelques jours avant la compétition. Je continuais pourtant à m'entraîner, jusqu'au moment où Ted me renvoya chez moi.

– Rentre te soigner, par pitié ! Bois du jus de citron chaud avec du miel. Mets une écharpe. Fais n'importe quoi, mais rétablis-toi vite. Et pas de piscine demain !

C'était la première fois qu'il me dispensait de venir à l'entraînement.

– Mais tu vas t'ennuyer à mourir si tu ne vas pas

nager ! s'exclama Mark en apprenant cela.
Nous nous dirigions ensemble vers la sortie du lycée.

– Je pensais venir voir tes dessins. Enfin, si tu rentres chez toi...

– Évidemment que je rentre chez moi ! Où veux-tu que j'aille ?

– Allez, Mark ! Arrête de râler ! Combien de garçons ont eu l'immense privilège de nager tout habillés avec une future championne ?

Il sourit et passa un bras autour de mes épaules. Dans son esprit, c'était sans doute une marque d'amitié. Je ne pouvais m'empêcher d'espérer que c'était la preuve qu'il tenait à moi.

– Alors, tu acceptes de me montrer tes dessins ? demandai-je.

– On ne t'a jamais dit que c'étaient les garçons qui étaient censés inviter les filles ?

– Tu ne veux pas ?

– Si, mais à une condition : que tu ne t'approches pas de moi ! Je suis sûr que tes microbes sont contagieux.

Tous les deux ou trois pas, quelqu'un nous saluait. Mark était resté très populaire, et on me prenait pour sa nouvelle petite amie.

En passant devant le tableau d'affichage, je remarquai une annonce.

– Qu'est-ce que tu regardes ? demanda Mark.
– Rien, juste un cours qui pourrait m'intéresser, répondis-je sans vouloir lui fournir plus de détails.

En rentrant à la maison, je dus mentir à ma mère, je n'avais pas le choix. Je ne pouvais pas lui dire que je voulais sortir.
– Tu crois que ça va aller ? me demanda-t-elle, légèrement inquiète, avant de partir faire les courses.
– Ne te fais pas de souci, Maman. J'ai un rhume, c'est tout.
– Reste bien au chaud ! Il ne faudrait pas que ça tourne à la mauvaise grippe, hein ?
– Oui, Maman, fis-je en jouant la petite fille modèle.
Je savais pertinemment ce qu'elle m'aurait répondu si je lui avais demandé la permission d'aller chez Mark : « Tu es malade ou tu n'es pas malade ? Si tu ne peux pas nager, tu ne peux pas sortir non plus. »
Dès qu'elle fut partie, j'enfourchai mon vélo et pédalai jusque chez Mark. J'avais deux bonnes heures de liberté devant moi.
Une grande fille brune d'une dizaine d'années m'ouvrit la porte.

– Salut ! Je suis Juliet, la sœur de Mark.
– File, Juliet, déclara son frère qui venait de nous rejoindre dans l'entrée. Laisse-nous tranquilles. De toute façon, on monte dans ma chambre.
– Ouah ! hurla Juliet. Je dirai à maman que tu n'as pas travaillé !
À peine Juliet avait-elle finit sa phrase qu'elle se mit à courir pour éviter le magazine que Mark avait lancé dans sa direction.
– Quelle peste ! dit-il en refermant la porte de sa chambre. Tu es sûre que ça va ? Tu n'as vraiment pas bonne mine.
– Toi, au moins, tu sais remonter le moral.
– Allez, Isabelle, ce n'est qu'un rhume. D'ailleurs, je ferais bien de ne pas trop m'approcher de toi. Je vais chercher mes dessins, dit-il en s'éloignant.
Pendant qu'il ouvrait un placard, j'inspectai sa chambre. Tout était parfaitement rangé.
– Voici les plus récents, commenta-t-il en s'asseyant à côté de moi.
Je restai muette : si mon portrait était très réussi, ce que je voyais à présent était tout simplement magnifique.
– Qu'en dit le prof de dessin ? demandai-je.
– Je ne les ai jamais montrés à personne. Tu es la seule.

– Mais pourquoi ?
– Je ne veux pas qu'au lycée on me prenne en pitié et qu'on se dise : pauvre Mark, lui qui était si costaud, le voilà réduit à dessiner pour passer le temps !
Je faillis lui parler de l'annonce que j'avais vue. Il s'agissait d'un concours de dessins. Le gagnant devait empocher une bourse de plusieurs milliers de dollars pour poursuivre des études d'arts plastiques.
– Tu n'as jamais pensé à en faire ton métier ?
– Depuis que je sais que je ne deviendrai jamais footballeur professionnel, rien ne m'intéresse plus vraiment...
– Mais si tu aimes à ce point le sport, pourquoi est-ce que tu ne viens pas t'entraîner régulièrement à la piscine ?
– Je me suis entraîné au foot pendant des années, et tout ça pour rien. Je ne tiens pas à perdre mon temps à la piscine.
– Pourtant ça te ferait beaucoup de bien, argumentai-je. Tu dois remuscler ta jambe.
– Le médecin a dit que les nerfs étaient touchés et qu'il n'y avait rien à faire. Tu t'y connais mieux que lui peut-être ?
Devant son agressivité, je préférai me taire. Lorsque Mark sortit pour aller chercher des bois-

sons, je m'emparai d'un dessin que je glissai dans ma veste posée sur le lit.
C'était une vue de sa maison, avec une petite haie blanche, deux chevaux et l'écurie au loin. Ce concours pourrait l'aider à retrouver confiance en lui, j'en étais sûre, tout comme j'étais sûre qu'il ne prendrait jamais l'initiative de s'y inscrire seul. Mark revint quelques minutes plus tard, deux Coca-Cola dans les mains.
– Franchement, si j'étais toi, je les montrerais, dis-je, l'air détaché.
Il émit un grognement en guise de réponse.
– Bon. Je crois que je ferais mieux de rentrer, ajoutai-je. Je préfère que ma mère ne s'aperçoive pas de mon absence.
– Au fait, Isabelle, je peux venir te voir nager dimanche ? me demanda brusquement Mark.
– Bien sûr. La compétition a lieu à Houston. On part à sept heures du matin. Mais tu risques d'être déçu. En ce moment, j'ai la grâce d'une baleine qui se noie.
– Eh bien, je n'aurais qu'à plonger pour venir à ta rescousse.
Juliet réapparut alors qu'on se trouvait sur le perron.
– Tu t'en vas déjà ? fit-elle.
– Oui. Je dois rentrer avant la nuit.

– Dommage que Mark ne puisse pas te ramener. Sa voiture est toujours dans le garage. Maman veut la vendre.
– Personne ne vendra cette voiture, s'écria Mark.
– Ça, tu en discuteras avec maman, et ne compte pas sur moi pour t'aider.
– Il faut vraiment que je me sauve, lançai-je pour couper court à leur dispute.
Tandis que je montais sur mon vélo, j'entendis Juliet dire :
– Qu'est-ce que tu lui trouves, à cette fille ? Elle est beaucoup moins jolie qu'Annie !
Je me mis à pédaler de toutes mes forces. Je ne tenais pas à connaître la réponse de Mark.

Chapitre 10

Le jour de la compétition, je n'étais guère en forme. Mon nez ne coulait plus, mais ma respiration ressemblait à un soufflet de forge. Je ne desserrai pratiquement pas les dents de tout le trajet, tant j'étais stressée. Il faisait encore nuit et l'air était froid. Les premières lueurs de l'aube apparurent à l'entrée de Houston. Les gratte-ciel se détachaient dans la lumière rose du matin.

C'était toujours ma mère qui conduisait quand j'avais une compétition. Mon père était trop nerveux. Il valait mieux d'ailleurs qu'il reste à la

maison. Je le soupçonnais d'avoir envie de faire la grasse matinée et de prendre son petit déjeuner en paix.
Un gobelet à la main, ma mère se concentrait sur la route. Elle n'était vraiment réveillée qu'après avoir bu au moins un litre de café.
Mark était assis à l'arrière et tentait d'alimenter la conversation. Je répondais par des grognements. J'avais le trac, et mon estomac était noué, comme avant chaque compétition.
Je fis sensation dans les vestiaires. J'étais nouvelle au Texas, et très peu de filles me connaissaient. Seules celles qui avaient participé au championnat national juniors m'avaient déjà vue. Elles chuchotaient entre elles et certaines m'espionnèrent même par le trou de serrure de ma cabine.

À l'échauffement, mes bras étaient comme du plomb.
– Je ne me sens pas très bien, dis-je à Ted. Je dois vraiment nager ?
– C'est ta première apparition publique au Texas. Tout le monde veut te voir.
– Ils vont bien rire !
– Allez, Isabelle ! l'encouragea-t-il. Même si tu es loin de tes meilleurs temps, tu n'as aucune rai-

son de t'inquiéter. Il y a très peu de nageuses de haut niveau. Ça va être du gâteau.

Après l'échauffement, je fus prise de frissons. J'allai m'asseoir à côté de Mark. Il lisait le programme et releva la tête pour prendre le beignet que je lui tendais.

– Tu sais que tu pars favorite ? me dit-il, l'air surpris. Regarde : « Cent mètres papillon : I. Webster. Deux cent mètres quatre nages : I. Webster. Cent mètres nage libre : I. Webster. »

J'acquiesçai en croquant dans mon beignet au chocolat.

– Ça veut dire que tu es la meilleure du Texas ? demanda encore Mark.

– La meilleure du Texas ? protesta ma mère. Mais Isabelle a gagné le championnat national juniors l'an dernier !

– Alors, comme ça, tu es la meilleure nageuse de tout le pays ?

– Seulement en juniors. Ted ne m'a pas encore laissée nager en seniors.

– Tu aurais quelle place en seniors ?

Je haussai les épaules, tiraillée entre la modestie et le réalisme.

– Sans doute dans les six meilleures.

– Quoi ? Mais c'est fantastique ! s'écria Mark.

Il me prit la main et la serra vigoureusement.

– Très fier de vous connaître, M'dame, dit-il en forçant l'accent du Sud.

Ma première course était le relais. Je nageais le papillon. Après le dos et la brasse, notre équipe avait du retard. Mais par chance, le Nord avait engagé une nageuse assez faible en papillon et je réussis à la dépasser de trois bons mètres. La fille qui nageait le crawl pour nous distança sa concurrente et l'emporta facilement.

– Première médaille d'or du jour, dit ma mère. Encore trois à gagner.

– S'il te plaît, Maman !

Lorsque ma mère parlait ainsi, j'avais toujours envie de disparaître sous terre.

– À en juger par ce relais, poursuivit-elle, le Nord n'a pas de nageuse capable de te tenir tête.

– Ils gardent peut-être les meilleures pour les courses individuelles, remarquai-je.

– Comment ça ? demanda Mark.

– Dans cette compétition, on a le droit de nager seulement quatre fois, lui expliquai-je. Trois courses plus un relais, comme moi, ou bien quatre courses individuelles, ou bien encore deux individuelles et deux relais. Les entraîneurs choisissent la façon dont ils engagent leurs nageurs pour gagner le maximum de points.

J'avais vu juste. Au cent-mètres nage libre, je reconnus la fille qui nageait dans le couloir voisin du mien. Elle venait d'Austin. Nous nous étions déjà rencontrées au championnat national.

– Salut, Caroline !

– Salut ! Je ne savais pas que tu vivais au Texas. Tu ne nageais pas pour Santa Barbara ?

– Avant, oui. Mais mon entraîneur est venu travailler ici, je l'ai suivi.

– Pas de chance pour moi. Je croyais que j'étais favorite, dit-elle en souriant.

– Désolée ! Je peux retourner en Californie, si tu veux !

Elle éclata de rire et me serra la main. Mais en montant sur nos plots, nous étions redevenues des adversaires. Je surveillais du coin de l'œil son maillot noir et son bonnet orange. Et je regardais l'autre bord de la piscine, tous les muscles tendus, prête à plonger.

– Mesdemoiselles, le cent-mètres nage libre. À vos marques...

Dès que le coup de pistolet retentit, mes pieds décollèrent. L'eau me parut glacée. Mes bras étaient aussi lourds que pendant l'échauffement et je déployai beaucoup d'efforts pour très peu de résultat. Au moment de tourner pour respirer, je remarquai le bonnet orange juste à côté de moi.

Je le perdis de vue pendant la deuxième longueur, je devais respirer de l'autre côté. Lorsque je tournai une nouvelle fois, Caroline et son bonnet orange étaient de nouveau là. Et elle était toujours là pour la dernière longueur. Impossible de me laisser battre devant Mark ! Je me jetai en avant et touchai le bord la première.

Le cent-mètres papillon ne posa aucun problème et je le gagnai facilement.
Pour le cent-mètres quatre nages, Caroline était encore dans le couloir voisin. Je n'aimais pas cette course, sans doute parce que je devais nager deux longueurs de brasse au milieu, et que ce n'était pas ma meilleure nage. Au moment de monter sur le plongeoir, je me souvins que Caroline était en finale du championnat national.
– Bonne chance, me dit-elle gentiment.
Elle ne paraissait pas du tout fatiguée, alors que je tombais presque de sommeil. Le coup de pistolet retentit et je fis de gros efforts pendant les deux premières longueurs de papillon. Il me fallait prendre le plus d'avance possible pour éviter d'être rattrapée ensuite. Je nageais assez vite le dos, mais elle aussi. Pour la brasse, elle n'était qu'à quelques mètres derrière moi. Mes poumons me brûlaient. Je l'entendais se rapprocher,

gagnant du terrain à chaque mouvement. À la deuxième longueur, elle passa devant. Les acclamations des supporters du Nord se mêlaient aux cris des garçons de l'équipe du Sud.

– Allez, Isabelle, vas-y !

Je voyais leurs lèvres bouger pour m'encourager. Je passai en crawl. Il restait quelques mètres et, peu à peu, je remontais. Ses pieds étaient à la hauteur de mon visage, puis ses mollets, ses cuisses... Je tournai quelques fractions de seconde après elle, et je vis avec horreur qu'elle plaçait une nouvelle accélération. Elle avait encore des réserves pour la dernière longueur. Il fallait tenir. Nous nagions côte à côte, mouvement après mouvement. J'essayais tous les trucs que je connaissais pour gagner de la vitesse, mais mon corps ne suivait plus. Ses doigts touchèrent le bord deux dixièmes de seconde avant les miens.

Les Texans du Nord étaient déchaînés lorsqu'elle sortit de l'eau. Personne ne vint me parler. Je ramassai ma serviette et allai aux vestiaires. La future championne olympique venait de se faire battre au championnat régional.

Chapitre 11

Sur le chemin du retour, Mark déploya des trésors d'ingéniosité pour me consoler.

– Tu étais enrhumée, et tu n'as perdu qu'une seule course. Trois médailles d'or en une journée, tu devrais être contente !

Ma mère conduisait, le visage fermé.

Elle ne m'adressa pas la parole de toute la soirée.

En revanche, mon père, lui, trouva l'histoire plutôt amusante.

– Alors, mon bébé s'est fait battre ? me dit-il en me caressant les cheveux comme lorsque j'étais petite. Ne t'en fais pas, fillette, cela arrive même aux meilleurs.

– Comment peux-tu dire ça, Harry ? hurla ma mère. C'est une honte ! Elle doit travailler deux fois plus dur !

– Calme-toi, Florence. Ce n'est qu'une compétition. Je ne veux pas qu'Isabelle continue la natation si ça doit la rendre malheureuse.

– Tu ne comprends vraiment rien à rien ! Une championne doit faire des sacrifices !

– Je vais me coucher, fis-je d'une voix lasse.

Je dormais presque lorsque le téléphone sonna. C'était Mark.

– Excuse-moi, je ne pensais pas que tu serais déjà couchée.

– Ça vaut mieux que d'entendre mes parents se disputer à mon sujet.

– Ta mère est toujours furieuse ?

– Je crois qu'elle ne me le pardonnera jamais.

– Tu sais, dit Mark d'une voix douce, il faudrait que tu apprennes à taper du poing sur la table. C'est ta vie, Isabelle. Ta mère n'a pas le droit de te traiter de la sorte sous prétexte que tu as perdu une course !

– Je sais bien.

– Tu me promets de réagir ?

– Oui, oui.

– Plus fort, je ne t'entends pas.
– Oui, criai-je en riant.
– Voilà, c'est mieux. À demain.
– Bonne nuit.
Je raccrochai comme dans un rêve, un rêve délicieux et chaud.

Le lendemain matin, à six heures, une autre Isabelle Webster se présentait devant Ted.
– Qu'as-tu à dire à ta décharge, jeune fille ? Tu ne fais plus de progrès et tu te fais même battre. Ta mère m'a appelé. Elle veut que tu travailles davantage. Elle trouve aussi que ton petit ami, cet ex-footballeur, a une mauvaise influence sur toi.
J'aurais peut-être gardé mon sang-froid s'il n'avait pas mêlé Mark à la discussion. Mais là, j'explosai :
– J'ai seize ans ! J'ai bien le droit d'avoir une vie en dehors de la natation ! Et sache que si nager signifie pour toi ne plus avoir d'amis, alors, moi, j'arrête tout de suite !
Ted me prit par l'épaule :
– Calme-toi, Isabelle. Je voulais simplement...
– Non, je ne me calmerai pas ! Pas avant d'avoir dit ce que j'ai à dire. Je veux que toi et ma mère, vous compreniez une chose. Personne ne fera de

moi une championne si je ne le veux pas. Et si vous n'arrêtez pas de vouloir régenter ma vie, je laisse tomber.

Ted blêmit :

– Isabelle, je comprends. J'ai été nageur moi aussi. Je sais que c'est dur de déménager, de s'adapter à une nouvelle école, de se faire de nouveaux amis. Le pire est passé, je te le promets. Tu t'es entraînée pendant des années ; maintenant tu touches presque au but. Tu peux espérer devenir championne des États-Unis ce printemps, et faire partie de l'équipe olympique cet été. Tu es fatiguée en ce moment, mais je t'en prie, ne parle pas d'abandonner, tu t'en mordrais les doigts.

Je savais que Ted avait peur de perdre son poulain préféré. Pour la première fois, je mesurais le pouvoir que j'avais sur lui.

– Je n'ai pas l'intention d'arrêter. Je voudrais juste que tu acceptes de me laisser mener ma vie comme je l'entends.

Ted comprit le message. Sans doute téléphona-t-il à ma mère dans la journée, car le soir, elle débordait de compréhension. Elle admit même que le déménagement m'avait perturbée.

« Merci, Mark, pensais-je en m'endormant. Sans toi, jamais je n'aurais osé. »

Chapitre 12

En natation, certaines filles atteignent leur meilleur niveau vers l'âge de quatorze ans, parfois même avant, ensuite elles ne cessent de régresser. J'avais seize ans, et je venais de me faire battre. N'était-il pas temps pour moi de songer sérieusement à arrêter ?

Depuis quelques jours, le ciel était gris et il tombait des cordes. Lorsque les Texans me demandaient si j'avais peur des tremblements de terre en Californie, je répondais que ce n'était rien par rapport aux orages qui éclataient ici. Ma réponse les faisait rire, pourtant, c'était vrai. J'étais littéralement terrifiée quand le tonnerre grondait et qu'il y avait des éclairs.

Je craignais aussi que Mark ne quitte jamais ses béquilles. « Je vais réfléchir, ne me bouscule pas », répétait-il lorsque je lui rappelais qu'il devait se mettre à la natation. Pour noircir davantage le tableau, Noël approchait. C'était la première année qu'on le passerait loin de notre famille en Californie. Je décidai d'appeler Grand-Mère Webster qui habite à Santa Barbara.

– C'est toi, ma petite Isabelle ? demanda une voix fluette au bout du fil.

J'avais à peine répondu oui que Grand-Mère me parlait déjà des bocaux de fruits qu'elle avait préparés, des gâteaux qu'elle allait faire.

– Tu verrais la dinde ! Oncle Danny l'a gagnée à la loterie. Elle est plus grosse que ta cousine Victoire. J'ai bien peur qu'elle n'entre pas dans le four. Tu vas nous manquer. Qui aura ton appétit pour finir les plats ?

Quand je raccrochai, j'étais encore plus triste.

Un soir, alors que je faisais mes devoirs en écoutant la radio, le présentateur annonça les résultats du concours de dessin. Je poussai un cri de joie en entendant que Mark avait remporté le premier prix ! Si je n'avais jamais douté de sa victoire, je ne pensais cependant pas qu'on en parlerait sur les ondes. Comment allait-il réagir ?

Le lendemain, lorsque je le retrouvai à la cafétéria, je retins mon souffle.

– Tu as entendu ? me demanda-t-il.

– Oui. Félicitations !

Il me regarda bizarrement avant de poursuivre :

– C'est curieux ! J'ai gagné le prix sans m'être inscrit au concours. Quelqu'un a dû s'en charger pour moi. Et ce n'est pas difficile de savoir qui : tu es la seule à avoir vu mes dessins.

– Je savais que tu ne le ferais pas. Mark, j'étais tellement sûre que tu remporterais le premier prix !

– Là n'est pas la question. Personne ne décide pour moi, c'est clair ?

– Je voulais juste t'aider !

– Merci, c'est réussi. Grâce à toi, tout le monde sait que l'ancien champion de football s'est brillamment reconverti dans le dessin. Il n'y a vraiment pas de quoi être fier...

Il n'eut pas le temps de finir sa phrase. L'équipe de football au grand complet approchait déjà.

– Bravo, Mark !

– Félicitations, vieux dissimulateur !

– Tu ne nous avais pas dit que tu étais doué pour le dessin !
– Tu nous aides à faire la couverture du journal de l'école ?
Mark les envoya balader, mais je voyais bien qu'il était heureux. Il souriait, soulagé de constater que ses camarades étaient fiers de lui.
Le soir même, il m'appela :
– Tu ne devineras jamais ! M. Griffith m'a convoqué dans son bureau cet après-midi. Il voudrait que je fasse une fresque sur le grand mur qui est dans l'entrée du lycée.
– Tu as accepté, j'espère ?
– Tu as déjà dit non au directeur, toi ?
– Mark, est-ce que tu m'en veux toujours ?
– Non, bien sûr ! Mais la prochaine fois que tu décides de bouleverser ma vie, préviens-moi. Allez, à demain. Et... Isabelle ! Merci pour tout.

Chapitre 13

Mark se mit au travail sans plus attendre. Il avait décidé de peindre un ranch texan. Une fois l'esquisse finie, le professeur d'arts plastiques l'aida à la reporter sur le mur. Un groupe d'élèves se chargea ensuite d'ajouter la couleur. Mark y consacrait tout son temps libre : il supervisait le travail et s'occupait des moindres détails.
Pour ne pas perdre de temps, il ne déjeunait plus à la cantine, préférant avaler un sandwich.
Un jour, alors que je passais dans l'entrée, je

l'aperçus qui plaisantait avec une petite blonde qu'une immense chemise d'homme toute tachée de peinture rendait irrésistible. Mark me tournait le dos et, quand je m'approchai, je le vis lui mettre un peu de peinture sur le bout du nez. La blonde fit mine d'être en colère.

– Je te ferai payer ça, Mark Waverly ! cria-t-elle sur un ton qui en disait long.

Je fis aussitôt demi-tour et me précipitai à la cantine. « Ah ! Tu voulais aider Mark à retrouver goût à la vie ? Bravo, c'est réussi ! Il n'a plus besoin de toi, Isabelle. Admets-le une bonne fois pour toutes ! Mark ne t'a jamais regardée comme une fille. Tu t'es juste trouvée là au bon moment. Tu n'es ni jolie ni attirante et tu ne sais pas t'y prendre avec les garçons. »

Je n'avais jamais vraiment réalisé à quel point il comptait pour moi. Maintenant, je le savais. Je ne supportais pas de devoir le partager avec ceux qui l'aidaient, et je supportais encore moins l'idée qu'il puisse avoir une petite amie. Sans Mark, pourquoi rester au Texas ?

J'avais espéré qu'après l'inauguration de la fresque, il réapparaîtrait à la cantine. Mais la fresque avait été inaugurée, des journalistes étaient même venus pour la photographier...

et Mark restait toujours très occupé.
Un jour, pendant le cours de maths, j'entendis une de mes voisines dire qu'il avait changé d'emploi du temps. Sa pause de midi ne coïncidait plus avec la mienne.
– Je suis sûre qu'il m'évite, marmonnai-je entre mes dents en quittant la salle, triste et déprimée.
Arrivée dans l'entrée du lycée, je m'arrêtai devant le mur. Tout était arrivé à cause de cette maudite fresque. Je devais reconnaître que c'était une œuvre magnifique ; j'avais néanmoins du mal à m'extasier devant elle.
– Tu admires le travail de ton petit ami ? fit une voix nasillarde derrière moi.
C'était Annie, escortée de quelques filles de sa bande. Elles me toisèrent d'un œil mauvais. Ne sachant quoi répondre, je restai silencieuse.
– Alors, comme ça, Mark fait un retour glorieux ? continua Annie. Et tout ça grâce à toi, paraît-il. Bientôt il sera complètement guéri, et vous pourrez roucouler en paix.
Elles se mirent à rire bêtement. Sauf Annie, qui continua :
– Mark redevient un garçon très populaire. Il va falloir que tu fasses attention. J'ai l'impression que la petite Samantha Oppenheim qui est avec lui en arts plastiques le trouve à son goût. J'ai

remarqué qu'il se dépêchait de partir après les cours. Je me demande bien où il va. Tu n'aurais pas une idée ?

– Ça ne me regarde pas. Pas plus que toi d'ailleurs, répondis-je.

– Allez, arrête ton cinéma ! Tout le monde est au courant pour Mark et toi. Ne me fais pas croire que cela t'est égal qu'il traîne toujours avec Samantha.

Bien sûr que cela ne m'était pas égal, mais je n'allais quand même pas le reconnaître devant elle !

– Écoute-moi, Annie : Mark n'est pas mon petit ami.

– Ah oui ? Et le temps que tu as passé avec lui ? C'était parce qu'il te faisait pitié ? Parce que tu voulais aider un infirme ?

Je décidai de me débarrasser d'elle une bonne fois.

– Tu as tout compris, rétorquai-je. J'ai aidé Mark parce qu'il me faisait pitié !

Lorsque je fis demi-tour, je vis Mark qui se tenait juste derrière moi. À son air, je compris immédiatement qu'il m'avait entendue. Il me fixa pendant quelques instants avec une expression de souffrance incroyable, puis il se retourna et partit. Je bousculai Annie qui s'était placée devant moi et me mis à courir. Mark venait de franchir la grille du lycée.

– Mark, attends !

Il pleuvait à verse, mais il ne semblait pas s'en apercevoir.

– Mark ! Je t'en prie ! Attends !

Je franchis la grille à mon tour. Le tonnerre grondait et à chaque fois, je fermais les yeux, persuadée que ma dernière heure était venue. Je rattrapai Mark au bout du chemin et l'agrippai par le bras.

– Mark, je t'en prie, écoute-moi !

– Je ne vois pas ce que tu pourrais ajouter d'autre. Fiche-moi la paix. Va proposer tes services ailleurs.

– Mark, je ne pensais pas ce que j'ai dit.

– C'est ça ! Je suppose que tu t'es vantée dans toute l'école d'avoir envoyé mon dessin pour le concours.

– Tu sais bien que je n'aurais pas fait ça. Je voulais juste qu'Annie me laisse tranquille. Elle me racontait des histoires sordides sur toi et Samantha Oppenheim.

– Samantha Oppenheim ? Cette gamine ? Qu'est-ce qu'elle t'a raconté ?

– Elle a dit qu'elle et toi... Enfin...

Un sourire se forma sur ses lèvres.

– Samantha Oppenheim et moi ? Tu te faisais

du souci à cause de Samantha ?
Son sourire s'épanouit.
– J'ai pensé que tu n'avais plus besoin de moi, lui expliquai-je, que tu ne voulais plus me voir.
– Alors tu tiens à moi tant que ça ?
Je n'eus pas le temps de répondre. Un violent éclair zébra le ciel au-dessus de nous, presque aussitôt suivi d'un coup de tonnerre fracassant. Je laissai échapper un cri de terreur et, avant même de m'en rendre compte, j'étais dans les bras de Mark. Il avait lâché ses béquilles, et me serrait très fort contre lui.
– Tout va bien, murmura-t-il, la bouche dans mes cheveux.
– Oh, Mark, je t'aime tellement...
Il s'écarta de moi pour voir mon visage :
– Qu'est-ce que tu viens de dire ?
– Que... je t'aimais, répétai-je.
Ma voix avait tremblé.
Pour toute réponse, il m'embrassa. Autour de nous, les éclairs continuaient d'illuminer le ciel et le tonnerre grondait.
– On ferait mieux de ne pas rester ici, finit par dire Mark. Je ne tiens pas à ce qu'on serve de cible à la foudre. Tu peux me donner mes béquilles, s'il te plaît ? Si seulement je pouvais conduire ! Je t'emmènerais te mettre au chaud.

Tu me parais frigorifiée.
J'étais effectivement trempée jusqu'aux os. Mes habits me collaient à la peau et mes cheveux étaient plaqués sur mes joues.
– Mark, on ne peut pas aller en cours comme ça. De quoi on aurait l'air ?
– Je vais téléphoner à la maison. Il y a toujours quelqu'un.
– Heureusement que ma mère est à Houston pour la journée ! Je n'aurais pas aimé avoir à lui expliquer ce que je faisais dehors sous l'orage.
– Allons au gymnase, proposa Mark, il y a une cabine téléphonique.
La pluie tombait toujours. De temps en temps, nous nous arrêtions pour nous regarder et nous sourire. C'était comme si nous partagions un secret ignoré du reste du monde.
Mark appela chez lui. Son père lui répondit qu'il se dépêchait d'arriver. Blottis l'un contre l'autre à l'entrée du gymnase, nous n'avions plus qu'à l'attendre.
– J'espère qu'il ne va pas tarder, dis-je avec un frisson.
Mark m'attira contre lui :
– Moi, je ne suis pas trop pressé, dit-il en m'embrassant de nouveau.
C'était bien mieux que sous la pluie. Mon pre-

mier vrai baiser ! Ça ne me paraissait pas si bizarre que ça.

– Mark, demandai-je, je voudrais te poser une question. Quand as-tu commencé à... éprouver des sentiments pour moi ?

Il sourit :

– Oh, je peux te dire exactement quand je suis tombé amoureux de toi. C'est quand tu sautais dans tous les sens pendant le match de football et que tu as failli tomber des gradins.

– Alors pourquoi tu ne me l'as pas dit plus tôt ?

– C'était difficile, Isabelle. Après l'accident, je me méfiais de tout le monde. Je croyais que les gens avaient pitié de moi, et j'avais peur de souffrir encore plus si je m'attachais à eux. Et puis, je n'étais pas sûr de toi. Je n'arrêtais pas de penser à la manière dont tu nages. Tu es le genre d'athlète que j'ai été, et je ne pouvais pas imaginer que tu veuilles t'enterrer avec moi.

– Quelle importance ! Imagine que tu aies peur de l'eau, est-ce que tu cesserais de m'aimer parce que je fais de la natation ?

Son père arriva à ce moment-là. C'était un colosse, un Texan avec le chapeau, la ceinture et les bottes. Il nous regarda de la tête aux pieds.

– Ça alors ! marmonna-t-il. Mais qu'est-ce qui s'est passé ?

Chapitre 14

Moi qui avais tant redouté un Noël déprimant, j'eus le plus merveilleux, le plus délicieux, le plus extraordinaire Noël de toute ma vie !
Une semaine avant les fêtes, ma mère m'avait traînée dans un centre commercial. Elle voulait que je l'aide à choisir des cadeaux pour la famille. J'avais détesté cet endroit. Les vitrines débordaient d'objets clinquants. Les hôtesses portaient des uniformes hideux. Mais le pire, c'étaient les faux arbres de Noël en aluminium et en vinyle qu'ils proposaient. En Californie, nous

avions toujours un vrai sapin qui remplissait la maison d'une bonne odeur de forêt. Je déclarai qu'il faudrait me payer pour que j'accepte d'en avoir un faux chez nous.

– Alors je crois que nous n'aurons pas d'arbre du tout, répliqua ma mère. Tu as vu combien coûte un vrai sapin ici ? Cela nous reviendrait moins cher de prendre l'avion et d'aller en couper un nous-mêmes.

– Bonne idée ! Partons tout de suite ! répondis-je, excitée.

– Isabelle, je me demande parfois si tu grandiras un jour, soupira-t-elle.

C'est à croire que ma mère n'avait jamais été une enfant ! Elle avait toujours été pragmatique, rationnelle et adulte. Elle se lança immédiatement dans un de ses discours favoris :

– Est-ce que tu réalises, Isabelle, à quel point ton entraînement nous coûte cher ? Est-ce que tu sais combien de maillots et de bonnets de bain tu utilises par an ? Il faut prévoir le prix du billet d'avion et de la chambre d'hôtel pour le championnat national qui arrive bientôt. Et tu voudrais en plus un vrai sapin de Noël !

– Laisse tomber, répondis-je. Je plaisantais.

Lorsque je retournai dans le même centre

commercial avec Mark quelques jours plus tard, je me demandai si une fée n'était pas passée par là. Les flocons de neige qui tombaient du plafond, les vitrines pleines de chiots adorables, les petits objets en porcelaine, les enfants qui observaient tout avec des yeux émerveillés, pourquoi n'avais-je rien vu ? Mark m'avait ouvert la porte du pays des merveilles.

Comme je lui racontais que ma mère m'avait menacée d'acheter un sapin en plastique, il se mit à rire :

– Ça te ferait plaisir d'avoir un véritable arbre de Noël ?

– Oui, répondis-je, enthousiaste.

– Alors, il n'y a rien de plus simple ! Je vais demander à l'un des employés du ranch de nous emmener dans la forêt derrière chez nous et de couper un petit cèdre pour toi.

Et c'est ainsi que le premier jour des vacances, nous partîmes le matin très tôt pour la forêt. L'air était vif et le ciel aussi bleu qu'en Californie. Grâce au magicien Mark, l'horrible forêt texane, marécageuse et peuplée de serpents, cédait la place à un univers de mousse tendre, d'écureuils agiles et d'oiseaux au plumage rouge vif. Je passai une demi-heure à courir d'un cèdre à l'autre. Chaque fois que je pensais avoir trouvé l'arbre

parfait, j'en apercevais un autre, plus beau encore. Mark riait de me voir aussi gaie.
Mes parents avaient-ils compris que j'étais sur un petit nuage et qu'il était inutile d'essayer de me ramener sur terre ?

Trouver un cadeau pour Mark avait été un véritable casse-tête. J'étais sûre de lui faire plaisir en choisissant du matériel de dessin, mais je voulais quelque chose de plus personnel, comme un bijou où serait gravé « Isabelle et Mark ».
La gourmette en argent que j'avais repérée chez le bijoutier me semblait être un bon choix. En étais-je certaine ? Une fois la machine à graver en marche, il était impossible de revenir en arrière.

Le matin de Noël, j'ouvris mes cadeaux. Mes parents m'avaient offert un sweat-shirt, deux disques et un alligator pour ma collection d'animaux en peluche. J'avais reçu de l'argent de la part de ma famille de Californie. C'était agréable, mais pas aussi drôle que d'arracher le papier cadeau.
Mark arriva vers dix heures et demie.
– Où est le gui ? demanda-t-il.
– On n'en a pas.

– Ça ne fait rien, on s'en passera !
Et il m'embrassa sur le pas de la porte.
– Tu viens chercher ton cadeau ? demanda Mark. Je l'ai laissé dans la voiture.
Je partis devant. Mark me suivit.
– Il est sur le siège arrière, lança-t-il, aussi excité que moi.
Alors que je posais la main sur la poignée de la portière, je réalisai tout à coup :
– Mais... c'est ta voiture ! m'écriai-je.
– Exact.
– Et c'est toi qui as conduit pour venir ici ?
– Oui.
J'ouvris la portière, intriguée. Sur le siège arrière, attachées avec des rubans rouges et verts, étaient posées ses deux béquilles. Je n'avais même pas remarqué que Mark se déplaçait depuis cinq bonnes minutes sans elles !
– Je peux marcher presque normalement depuis quelques semaines, mais je voulais te faire la surprise pour Noël.
Je ne trouvai rien à dire et restai bouche bée.
– Bon, je vois que la surprise est réussie, s'esclaffa-t-il. Tu sais, tu avais raison à propos de la natation. Ça a très bien marché, comme tu peux le constater.
– Mais... tu n'es jamais venu ! balbutiai-je. Tu

n'arrêtais pas de repousser de semaine en semaine.

– C'est ce que je t'ai fait croire. Je ne voulais pas nager devant Ted et toute ton équipe. J'avais trop peur d'être ridicule. J'ai donc demandé à l'entraîneur du lycée de me laisser travailler après les cours, dans la piscine de l'école. Et tu sais quoi ? ajouta-t-il en passant son bras autour de mes épaules. Je suis en train de devenir assez bon. Je pense même que je pourrai bientôt te battre !

De retour à la maison, je lui offris son cadeau.

– Au fait, voilà la suite du tien, dit-il en me tendant une petite boîte.

On les ouvrit en même temps et on éclata de rire. Mark m'avait offert un bracelet en argent sur lequel il avait fait graver nos deux prénoms...

Chapitre 15

Le retour à la réalité fut dur. Le premier jour où je repris la natation, Ted me convoqua dans son bureau. Il ne l'avait jamais fait auparavant.

– Assieds-toi, Isabelle, dit-il en ramassant les papiers qui encombraient la chaise.

Généralement quand les adultes vous demandent de vous asseoir, c'est qu'ils ont de mauvaises nouvelles à vous annoncer.

– Isabelle, poursuivit-il, il faut qu'on discute du championnat national.

J'acquiesçai, le cœur battant.

– Est-ce que tu te rends compte que c'est dans deux mois seulement ?
Bien sûr que je m'en rendais compte ! Je cochais même les jours sur mon calendrier !
– Et est-ce que tu sais que depuis ton arrivée au Texas, tu n'as pas progressé ?
Je fis signe que oui avant de protester :
– Mais il n'y a presque pas eu de compétitions !
– Il ne s'agit pas seulement des compétitions. Tu n'es plus aussi performante à l'entraînement.
– Tu ne vois donc pas que c'est difficile pour moi ? Il n'y a personne pour me stimuler, personne capable de se mesurer à moi. Pour nager, je dois attendre que les gamins aient fini de patauger. Comment veux-tu que je fasse des progrès en nageant toute seule ?
Ted, qui triturait nerveusement une boîte de trombones, approuva :
– Je sais que c'est difficile. En fait, je m'en veux beaucoup de t'avoir amenée ici. Venir au Texas ne t'a pas aidée à progresser. Or, tu as de l'avenir dans la natation.
Il s'arrêta et me regarda :
– Ce que j'essaie de te dire, Isabelle, c'est que je pense que tu devrais rentrer tout de suite en Californie. J'ai parlé à Jeff à la Mission Viejo, et il m'a dit qu'il te prendrait. Il te trouvera même

une famille d'accueil si tes parents ne peuvent pas repartir tout de suite.

Je le dévisageai, ahurie :

– Si j'ai bien compris, tu veux que je retourne en Californie, maintenant ?

– Je veux que tu gagnes le championnat national.

– Mais on vient juste d'emménager ! Mes parents se sont donné du mal pour venir ici, et toi, tu voudrais...

Je poussais des petits cris comme une souris contrariée.

– Isabelle, je ne sais pas quoi te répondre. Tout ce que tu as dit sur l'absence de stimulation est vrai. Il est très difficile de faire des progrès dans ces conditions. Je t'en prie, réfléchis à ma proposition et parles-en à tes parents.

Je rentrai chez moi complètement abasourdie. Comme la vie est bizarre ! Il y avait à peine quelques semaines, j'aurais fait n'importe quoi pour retourner en Californie. Et aujourd'hui, où on m'offrait la possibilité de m'entraîner avec la meilleure équipe du pays, dans un endroit où j'avais rêvé d'aller, je ne voulais plus partir. J'avais pris ma décision bien avant d'arriver à la maison : si je devais choisir entre Mark et la natation, j'abandonnerais la natation.

Je n'en parlai donc pas à mes parents. Ils avaient

laissé derrière eux tant de choses pour venir au Texas ! Mon père avait dû se battre pour obtenir son nouvel emploi et il semblait s'y sentir mieux depuis quelque temps. Mais j'en parlai à Mark. Je ne pouvais pas avoir de secrets pour lui. Il réfléchit, soucieux.

– Je pense que tu devrais y aller, Isabelle, dit-il finalement.

– Tu veux que je parte ?

– Bien sûr que non. C'est la dernière chose que je souhaite. J'essaie simplement d'analyser le problème avec calme et logique. Si remporter le championnat est important pour toi, alors tu dois aller là où tu peux progresser.

– Mais, Mark, je veux être là où tu es ! Tu ne crois quand même pas que je pourrais nager correctement loin de toi ?

Il sourit.

– C'est bien les filles, ça ! dit-il. Beaucoup trop sentimentales !

Je levai la main pour le frapper, mais il saisit mon poignet et m'embrassa. L'espace d'un instant, le problème n'existait plus. Mais il réapparut bien vite.

Je restai éveillée toute la nuit à réfléchir. C'était évident que j'avais envie de gagner le championnat et que je voulais m'entraîner à la Mission

Viejo. Seulement, je voulais aussi rester avec Mark. Il n'y avait pas de solution.
Le seul point positif était que ma mère et Mme Peterson n'avaient plus besoin de se relayer pour les trajets jusqu'à la piscine. Mark avait proposé de m'emmener tous les jours. Il faisait ses devoirs au café à côté pendant que je nageais.
– Pourquoi n'amènerais-tu pas un maillot de bain demain pour t'entraîner ? lui suggérai-je un jour. Je ne t'ai jamais vu nager.
– D'accord. Mais je nagerai dans le bassin couvert. Je ne veux pas que tu voies comme je suis mauvais.

Quand il revint après son entraînement, je reprenais péniblement mon souffle, près du bord de la piscine. J'avais travaillé encore plus dur que d'habitude.
– Allez, dit-il, les yeux brillants. Tu me parais assez fatiguée pour que je puisse envisager de faire la course avec toi.
– Ce n'est pas juste, je peux à peine bouger !
– Chacun son tour.
– Mark, je ne peux pas, je suis morte de fatigue.
– Tu as peur que je ne gagne ? me taquina-t-il.
– Entendu. Une dernière longueur avant que je m'écroule.

– À vos marques ! Prêt ? Partez ! cria-t-il avant de plonger le premier.
Mark nageait devant moi. Même s'il battait l'eau comme un homme qui se noie, je devais reconnaître qu'il était assez rapide. Ses épaules et ses bras, déjà puissants, s'étaient musclés à force d'utiliser les béquilles pendant des mois, et je dus faire des efforts pour le rattraper. Je l'aurais sans doute doublé si je l'avais vraiment voulu. Finalement, j'arrivai en même temps que lui au bout du bassin... et aux pieds de Ted.
– Alors, fit ce dernier avec un large sourire, vous avez fini par la faire, votre course, hein ?
Ted s'accroupit devant Mark.
– Tu as déjà envisagé de faire partie de l'équipe ? Ton style est déplorable, mais tu as de la puissance. Tu pourrais devenir un très bon nageur. En plus, ajouta-t-il, si Isabelle t'avait près d'elle, elle s'entraînerait peut-être avec plus d'ardeur...

Chapitre 16

Mark entra dans l'équipe, et je constatai tout de suite que cela influençait ma façon de nager.

– C'est mieux, mais tu dois encore améliorer ton temps, me disait Ted en me prenant le pouls après mon sprint.

Je me mis de nouveau à aimer la natation, et Ted cessa de me parler de la Mission Viejo.

De son côté, Mark travaillait dur. Pour commencer, Ted l'avait installé dans le couloir de gauche, réservé aux nageurs médiocres et aux enfants.

Tous les deux jours, il gagnait un couloir et se rapprochait de moi.
– Attends que je sois dans ton couloir ! Tu verras comme je te ferai travailler, me disait-il pour me faire peur.
Grâce à sa taille, Mark était naturellement doué pour le dos crawlé et, très vite, il réussit à me battre en dos comme en nage libre. En revanche, il ne parvenait pas à maîtriser la technique du papillon. C'est une nage vraiment difficile à apprendre lorsqu'on est adulte, et Mark ne faisait pas exception à la règle.
– Comment fais-tu pour synchroniser les bras et les jambes ? me demanda-t-il un jour, vexé de m'avoir vue pouffer pendant qu'il nageait. J'ai toujours l'impression que je vais me noyer.
– J'ai remarqué, répondis-je en essayant de garder mon sérieux. Toi, tu fais le mouvement des pieds au moment où tu tires sur les bras pour avancer. En fait, il faut donner un premier coup de pieds quand tes bras sont au niveau de tes hanches et un second quand ils sont tendus en avant.
Mais il n'y arrivait toujours pas, même s'il essayait dès que j'avais le dos tourné.

À la fin du mois de janvier, je participai à une

compétition pour seniors en Louisiane et j'arrivai première. J'avais même gagné deux secondes par rapport à mon meilleur temps, ce que Mark considéra comme une victoire personnelle.

C'est aussi à la fin du mois de janvier qu'il se passa quelque chose d'extraordinaire. Jusqu'à cette époque, le temps avait été triste et froid, avec un vent glacé à vous geler sur place.

Un matin, une lumière étrange me réveilla. Bien au chaud dans mon lit, je n'avais pas le courage de me lever. Finalement, la curiosité eut raison de ma paresse et j'allai à la fenêtre. Il avait neigé ! Cela n'arrivait presque jamais au Texas.

Je descendis aussitôt à la cuisine. Ma mère était déjà habillée et préparait le petit déjeuner. Elle éteignit la radio en me voyant arriver.

– Pas d'école aujourd'hui, marmonna-t-elle d'une voix endormie.

– Quoi ?

Je pensais que je n'avais pas bien entendu.

– C'est ce qu'ils viennent d'annoncer à la radio. Toutes les écoles sont fermées à cause de la neige.

– Mais il n'est tombé que quelques flocons ! m'exclamai-je.

– Apparemment, ici, ça leur suffit pour interrompre le ramassage scolaire. Mais, neige ou

pas, je te conduirai à la piscine ce matin.
– J'en étais sûre ! Je parie que tu serais prête à affronter le pire des blizzards pour que je ne rate pas l'entraînement.
– Tu sais ce que disent les facteurs : ni la pluie, ni la neige, ni la grêle... C'est pareil pour moi. Prends un peu de café.
Elle me servit un grand bol dans lequel je versai une tonne de crème et de sucre, ce qui, comme d'habitude, lui fit faire une moue de dégoût.
La couche de neige n'était pas très épaisse, et ma mère n'eut pas trop de mal à me conduire à la piscine. J'eus une drôle de sensation en plongeant dans l'eau. Tout autour du bord, il y avait de petits monticules blancs et pointus que la vapeur faisait fondre.
À mon retour, je vis que la voiture de mon père était toujours là.
– Tu n'as pas osé affronter la neige ? lui demandai-je d'un air taquin.
– J'avais une bonne excuse pour rester à la maison. J'attends un coup de fil de Californie.

La neige m'avait donné de l'appétit et j'attaquai mon second petit déjeuner. J'avais presque fini mes crêpes et mon bacon lorsque Mark appela.
– Habille-toi chaudement, me dit-il. On va skier.

– On va quoi ?
– Skier.
– Tu es fou ? Je sais bien qu'il y a de la neige, mais je te signale qu'il n'y a pas de montagnes dans le Sud du Texas.
– Fais-moi confiance. Va préparer tes skis. Je te retrouve dans dix minutes.
Je me mis à chercher frénétiquement mes affaires.
– Isabelle ! Qu'est-ce que tu fabriques ? me demanda ma mère.
– Je cherche mes chaussures de ski ! Mark m'emmène skier.
– Dans le Sud du Texas ? Ce garçon a perdu la tête, marmonna-t-elle. Tes chaussures sont dans la valise verte.
Mark arriva au moment où j'enfilais mon anorak. Il avait l'air d'un professionnel avec son bonnet bleu et blanc, sa grosse parka et ses chaussures rouges.
– Prête pour la grande descente ?
– Moi, je suis prête, mais je ne suis pas sûre que le Texas le soit.
– Monte dans la voiture, et tu verras.
Il attacha mes skis à côté des siens sur la galerie et nous partîmes.
La forêt ressemblait à un paysage de carte pos-

tale. Après un virage en épingle à cheveux, Mark emprunta l'entrée principale du club de loisirs, puis longea le terrain de golf et s'arrêta.

– J'attends toujours que tu me montres la descente de tes rêves, fis-je remarquer.

– Et les terrains de golf, ils sont plats ? Celui-ci a une belle pente de l'autre côté.

– On ne peut pas skier sur un golf qui ne nous appartient pas !

– De toute façon, ils ne peuvent pas jouer aujourd'hui, répondit Mark sereinement. Et mes parents sont membres du club. J'ai le droit de venir. Allez, on y va !

Il grimpa au sommet de la colline.

– J'espère que je sais encore skier, dit-il avant de s'élancer.

Il ne nous fallut pas plus de dix secondes pour descendre. Je n'en revenais pas des progrès qu'il avait pu faire. Mark riait comme un fou. Après avoir redescendu plusieurs fois la pente, on imagina des jeux idiots comme skier à l'envers ou en se tenant par la main.

– Sur une jambe maintenant, lança-t-il. Quand je dis : « Partez », on lève un ski, d'accord ? À vos marques, prêts, partez !

Nous levâmes tous les deux un ski pour atterrir l'un sur l'autre au bout de quelques mètres.

– Mark ! m'écriai-je dès que je retrouvai mon souffle. Ta jambe ? Tu ne t'es pas fait mal ?
– Miracle, fit-il en se retournant de manière à m'immobiliser dans la neige, je crois que tout va bien.
Et il m'embrassa.
– Tu as fait exprès de me faire tomber !
– Je commençais à trouver le ski un peu ennuyeux. Allez, viens, je te dépose et je rentre chez moi mettre des vêtements secs, dit-il. C'est drôle, on passe toujours de bons moments ensemble lorsque nos vêtements sont trempés.
– Rien de plus normal quand on fréquente une nageuse !

En sortant de la voiture, je courus à la maison pour me changer, moi aussi. Arrivée devant la porte, je m'assis sur le paillasson pour enlever mes chaussures. J'entendis alors la voix de mon père. Je ne prêtais pas trop attention à ce qu'il disait jusqu'à ce que ma mère l'interrompe :
– Je t'en supplie, disait-elle, ne lui en parle pas avant la fin du championnat national.
Je tendis immédiatement l'oreille.
– Mais j'ai toujours pensé qu'elle le voulait autant que nous, répliqua mon père.
– C'était avant qu'elle rencontre Mark.

– Ça ne durera pas avec ce garçon. À son âge, les amours, ça va, ça vient. Dans quelques mois, elle l'aura oublié.
– Je n'en suis pas sûre, répondit ma mère. C'est son premier petit ami, et je crois que l'un et l'autre prennent cette histoire très au sérieux.
De quoi parlaient-ils ? Que pouvaient-ils avoir à me cacher jusqu'à la fin du championnat national ? Il fallait que je tire ça au clair.
Lorsque je les rejoignis, ils prirent tous les deux l'air innocent.
– Oh, bonjour, ma chérie ! Je ne t'ai pas entendue entrer, dit ma mère.
– Tu as passé un bon moment ? demanda mon père. On dirait que tu as pris un bain de neige.
Leur ton enjoué sonnait faux.
– Bon, je veux la vérité, déclarai-je en les regardant l'un et l'autre. Je vous ai entendus parler. Qu'est-ce que vous ne pouvez pas me dire avant la fin du championnat ?
– Ma chérie, commença ma mère, crois-moi, ce n'est vraiment pas le moment. Cela ne peut que te bouleverser.
– De quoi s'agit-il ?
– Isabelle, dit mon père en passant un bras autour de mes épaules, l'entreprise pour laquelle je travaillais en Californie m'a appelé ce matin. Ils

n'ont trouvé personne pour me remplacer et ils me demandent de revenir.

J'eus soudain l'impression que tout s'effondrait autour de moi.

– Tu es presque une adulte à présent, continua mon père. Tu peux comprendre certaines choses. Tu as sans doute remarqué que je ne suis pas très heureux dans mon nouveau travail. Et ta mère se sent un peu seule au Texas. Il y a encore quelques semaines, on pensait que tu ne te plaisais pas ici.

– Alors on va rentrer en Californie ? demandai-je d'une voix brisée.

– Ils m'ont fait une offre généreuse. Je serais un imbécile de refuser. Ils m'ont même proposé de travailler ailleurs qu'à Los Angeles pour que tu puisses aller à la Mission Viejo. C'est ce que tu as toujours voulu, non ? C'est bien la meilleure équipe du pays ?

Malheureuse, je fis signe que oui.

Ma mère me donna une petite tape sur l'épaule.

– Dans les conditions actuelles, t'entraîner à la Mission Viejo permettrait d'envisager sérieusement ton entrée dans l'équipe olympique.

J'approuvai d'un nouveau signe de tête, mais avant que je puisse me contrôler, j'éclatai en sanglots.

– Ne pleure pas, ma chérie ! dit mon père. Nous

connaissons tes sentiments pour Mark. C'est dur pour toi, mais ce n'est pas aussi terrible que tu le penses. Je ne suis pas obligé de donner une réponse tout de suite. Et beaucoup de choses peuvent se passer en quelques mois.

– Parce que tu crois que dans quelques mois j'aurai oublié Mark, c'est ça ? Eh bien, c'est faux ! Je ne l'oublierai pas ! Je ne l'oublierai jamais !

Je partis en courant dans ma chambre et me jetai sur mon lit.

Chapitre 17

J'étais dans un triste état quand le mois de mars arriva. Il ne restait que quelques semaines avant le championnat. Ensuite, il me faudrait affronter un nouveau déménagement, me faire à une nouvelle équipe, à un nouvel entraîneur, et tout cela sans Mark. Comment allais-je le supporter ? Je tournais et retournais le problème dans ma tête, et finis par m'efforcer de voir les choses de son point de vue à lui. L'année prochaine, il irait sûrement à l'université. Mais où ? Peut-être loin d'ici.

La vérité, c'était que je redoutais qu'il me trouve facilement une remplaçante.
Mark attribuait ma nervosité à l'angoisse du championnat. Ted aussi.
– Détends-toi un peu, Isabelle, me disait mon entraîneur. Ce n'est qu'un test pour toi ! Même si tu n'arrives pas dans les trois premières, il y a encore le championnat national d'été avant la sélection pour les Jeux olympiques.
– Il y a quelques mois, on aurait dit que ces championnats étaient pour toi ce qu'il y avait de plus important au monde.
– Il fallait que je te secoue, tu n'étais pas assez nerveuse. Aujourd'hui, tu l'es trop, et mon boulot est de te calmer. Tu comprends ?
Je lui fis un grand sourire, ce qui ne m'était pas arrivé depuis longtemps.
– Et je vais encore t'avouer quelque chose pour te remonter le moral, ajouta Ted. Si Mark continue à nager l'année prochaine à l'université, il pourrait bien un jour participer lui aussi au championnat national. Ce garçon est un athlète. Je pense qu'il pourrait réussir dans n'importe quel sport s'il le voulait. Quand j'irai en Californie, je discuterai avec l'entraîneur de l'université de Los Angeles pour voir s'il peut entrer dans leur équipe.

– Los Angeles ? Tu veux dire que Mark pourrait aller à l'université à Los Angeles ?
Ted se méprit sur le sens de mon cri.
– Écoute, je sais que cela sera dur pour vous deux d'être séparés, mais il faut vous y préparer.
– Au contraire, je serais folle de joie si Mark allait en Californie ! lançai-je avant de bondir hors de son bureau.
C'était la première lueur d'espoir depuis plusieurs semaines.

Les nuages réapparurent bien vite. Mark était redevenu très populaire au lycée. Quand je le voyais dans les couloirs, il était toujours entouré de filles. Je n'étais pas particulièrement jalouse, jusqu'au jour où je le vis à la sortie d'un cours en train de parler avec Annie. Ils se tenaient tout près l'un de l'autre.
C'est Annie qui m'aperçut la première.
– Tiens, voilà Isabelle, dit-elle. Tu m'appelles ce soir ?
Mark la regarda partir et me sourit, penaud :
– Elle veut que je l'aide en chimie, m'expliqua-t-il. On a le même exposé à préparer.
– C'est une bonne idée, approuvai-je d'un ton dégagé.
Après tout, Mark avait bien le droit d'aider une

camarade. Que ce soit Annie Chapman n'avait sûrement aucune importance. Cela faisait bien longtemps qu'il l'avait oubliée.

Malgré tout, je n'étais pas très rassurée, et Marilyn n'arrangea pas les choses.

– Tu as du shampooing ? me demanda-t-elle après l'entraînement. J'ai oublié le mien.

Une fois de plus, je lui passai mon shampooing en me demandant si elle cesserait un jour de me prendre pour son fournisseur.

– Mark est en train de devenir très fort en dos crawlé, dit-elle en se savonnant. Il est presque aussi bon que toi. Tu as de la chance, poursuivit-elle. Si tu n'étais pas une copine, je ferais tout pour le séduire.

L'idée que Marilyn puisse me prendre Mark me fit sourire.

– Mais je vais te dire une chose.

Elle avait baissé la voix.

– Il y a quelqu'un d'autre qui est prêt à te le piquer.

J'essayais de garder mon calme.

– Annie Chapman, continua Marilyn. Elle veut le récupérer. Je l'ai entendue en parler. Une autre fille lui a fait remarquer qu'elle allait devoir se débarrasser de toi d'abord, et Annie a rigolé : « Je ne pense pas que ce soit bien difficile. Je n'ai jamais pu comprendre ce que Mark trouvait à cette fille-là. »

– Merci de m'avoir prévenue, Marilyn. Tu sais, je n'ai pas peur d'Annie. Mark ne la trouve plus aussi terrible qu'avant. N'oublie pas qu'elle l'a fait souffrir.

Évidemment, j'étais inquiète. Annie était beaucoup plus jolie, beaucoup plus fascinante, beaucoup plus attirante que moi. Mais elle avait aussi brutalement laissé tomber Mark, à un moment difficile de sa vie, et ça, il ne pourrait sûrement pas l'oublier !

Pourtant, je ruminais les paroles de Marylin pendant tout le chemin du retour, même si je savais que les neuf dixièmes de ce qu'elle racontait étaient faux. En me raccompagnant, Mark parlait de choses et d'autres, comme si de rien n'était. J'aurais voulu lui dire ce qui me tracassait, mais je n'y arrivais pas. Il finit par me reprocher mon humeur grincheuse, et je me sentis affreusement malheureuse.

Ce soir-là, je mangeai du bout des lèvres et, après avoir bâclé mes devoirs, je décidai de l'appeler. Juliet décrocha.

– Salut, est-ce que Mark est là, s'il te plaît ?

– C'est encore toi, Annie ? demanda-t-elle.

Je raccrochai aussitôt et me mis à faire les cent pas dans ma chambre. Mark m'avait trahie. Il s'était servi de moi pour renouer avec Annie, j'en étais sûre. À quoi bon rester au Texas s'il ne m'aimait plus ? Brusquement, le monde me parut froid, désolé, désert.

Quand je me réveillai le lendemain matin, mes yeux étaient rouges et tout gonflés. Je les aspergeai d'eau froide pour retrouver un visage à peu près normal et j'expliquai à ma mère qu'il y avait trop de chlore dans la piscine. J'attendis Mark devant la maison. Dès qu'il descendit de sa voiture, j'attaquai :
– Il faut qu'on parle.
Il eut l'air surpris :
– Qu'est-ce qui ne va pas ?
– Tu le sais très bien.
– Non, mais j'aimerais bien le savoir. Est-ce que j'ai fait quelque chose de mal ?
– Non, rien du tout : tu es juste sorti avec Annie Chapman sans me le dire.
– Sorti avec Annie ? Qu'est-ce que tu racontes ?
– J'ai appelé chez toi hier soir et quand Juliet a décroché, elle s'attendait à ce que ce soit elle.
Mark essaya de ne pas rire.
– Tu sais que tu es très mignonne quand tu es

en colère, dit-il en prenant son faux accent du Sud.

– Ce n'est pas drôle, Mark !

Voyant que j'avais les larmes aux yeux, il passa un bras autour de mes épaules.

– Il faut que je te confie un petit secret. Le plus grand désir de ma sœur est de faire partie des majorettes du lycée. Et pour ça, elle a besoin d'Annie. Juliet rêve qu'on se remette ensemble. Je suppose qu'en t'entendant, elle a voulu accélérer un peu les choses.

Je le regardai attentivement pour deviner s'il disait la vérité ou non.

– Tu me crois ? demanda-t-il.

– Je voudrais bien, mais il y a aussi des bruits qui circulent...

Mark prit mon visage dans ses mains.

– Écoute-moi, Isabelle, dit-il tendrement. Nous devons nous faire confiance. Je reconnais qu'Annie m'a couru après avec pas mal d'insistance. Mais il se trouve que c'est avec toi que je veux être, pas avec elle. Est-ce que c'est clair ?

Je fis signe que oui.

– Et je vais te promettre que je ne ferai jamais rien sans que tu le saches. Ça va mieux ?

– Oui.

– Je vois qu'il faut que je te fasse encore une

autre promesse pour ça aille vraiment mieux.
– Quoi donc ?
– Je rentre à la maison, et je règle son compte à ma sœur !

Chapitre 18

On était le 12 mars, et je faisais mes bagages pour le championnat national. Dans ma tête, le compte à rebours avait commencé : « Demain à cette heure, je serai dans l'avion. Samedi à cette heure, j'aurai disputé le cent-mètres papillon. La semaine prochaine, à cette heure, tout sera fini. »
Ma mère entra dans ma chambre, les bras chargés de vêtements propres. Elle posa sur mon lit la robe bleue à frous-frous qu'elle ne désespérait pas de me voir porter un jour.
– Je mets tout ça dans ta valise, chérie ?

– Maman, je serai tout le temps en maillot de bain. Je n'ai pas besoin de cette robe !
– Il y aura sûrement un pot de bienvenue. Le club qui reçoit organise toujours quelque chose. Tu auras envie d'être à ton avantage.
– Mais, Maman, personne ne sera en robe ! Je vais prendre mon jean et mon petit haut en velours noir.
– Franchement, je ne vois pas pourquoi j'insiste. Tu te marieras sûrement en jean, soupira-t-elle en accrochant la robe dans le placard. Combien de maillots de bain emportes-tu ?
– Quelques-uns pour les échauffements et le nouveau pour les compétitions.
– Pourquoi ne prendrais-tu pas aussi le bleu en Lycra, juste au cas où tu déchirerais ton maillot de compétition ?
– Maman, j'ai fait des centaines de compétitions et je n'ai encore jamais déchiré aucun maillot. Maintenant, s'il te plaît, arrête de t'inquiéter. Tout ira bien.
Elle s'assit sur le lit.
– Je me fais beaucoup de souci pour toi, ma chérie. Seize ans, c'est jeune pour traverser la moitié du pays toute seule. Mais nous ne pouvons pas t'accompagner, ton père et moi. Trois places d'avion, tu comprends, c'est trop cher.

– Maman, ne t'en fais pas. Ted s'occupera de moi. Il veillera à ce que je sois couchée à sept heures et demie, et il ne me laissera pas parler à des inconnus.
– On ne s'est jamais séparés avant. Je suppose qu'il faut que je m'y habitue. Bientôt, tu partiras à l'université.
Je m'assis à mon tour sur le lit, à côté d'elle.
– Ne t'inquiète pas, Maman.
Elle me prit la main un peu maladroitement :
– Isabelle, je dois te dire quelque chose. Tu penses peut-être qu'il n'y a que ta réussite en natation qui m'intéresse et que je ne me soucie pas assez de tes sentiments pour Mark. Mais, tu vois, je sais ce que c'est que d'échouer près du but. Quand on est presque parvenu au sommet et qu'on s'arrête, on passe le reste de sa vie à le regretter.
Tout à coup, je compris beaucoup de choses.
– Tu as dû te sentir très malheureuse après cet accident de voiture, hein, Maman ?
Elle poussa un long soupir, puis me sourit :
– Assez malheureuse, oui. Je n'étais même pas blessée, mais ils m'ont gardée en observation à l'hôpital et n'ont pas voulu me laisser partir. C'était au moment des sélections pour les Jeux olympiques. Je me disais que j'irais la fois sui-

vante. Mais la fois suivante, j'étais déjà trop vieille, je m'étais mariée et j'avais arrêté la natation. C'est ce que je voulais que tu comprennes. Si tu ne donnes pas le meilleur de toi-même maintenant, tu ne le feras jamais.

– Je te promets de m'appliquer, Maman.

– Je sais, ma chérie. Souviens-toi seulement quand tu seras en Californie que... Zut, le téléphone... Je reviens tout de suite.

Je n'ai jamais su ce qu'elle voulait me dire. Quand elle revint, elle était tout excitée.

– C'était papa. Devine un peu ? Son ancienne boîte l'a encore appelé. Ils veulent qu'il ouvre une succursale ici, à Houston. Il sera son propre patron. Cela signifie que nous n'avons plus à déménager.

J'essayai de sourire.

– Formidable, réussis-je à articuler en pensant à Mark qui allait probablement partir en Californie l'année prochaine.

Après les cours, Mark passa me dire au revoir.

– À moi la grande vie ! Tu ne peux pas savoir comme j'ai hâte que tu partes. Je vais enfin pouvoir sortir avec Annie et...

Je lui lançai mon éléphant en peluche à la figure.

– Je t'appellerai tous les soirs.

– Je ne serai peut-être pas à la maison, continua-t-il, taquin. Mais tu peux quand même essayer.

– De toute façon, je ferais mieux de m'habituer dès à présent au téléphone. Après tout, l'an prochain, tu seras sans doute à l'université.

– Quel bonheur ! Une fille différente tous les soirs...

Cette fois, c'est le serpent rose que je lui envoyai.

– Est-ce que tu pourrais éviter de m'assommer avec tout ton zoo ?

Nous continuâmes de nous chamailler, puis je retrouvai mon sérieux. Avant de nous séparer, il fallait que j'élucide un détail.

– Mark, est-ce que tu vas essayer d'obtenir une bourse pour continuer la natation ? Ted a dit qu'il pourrait te faire entrer à l'université de Los Angeles.

Il secoua la tête :

– Il m'en a déjà parlé. Pourquoi irais-je en Californie ? J'aime bien la natation, mais, soyons réalistes, je ne serai jamais un champion.

– Alors, tu sais déjà ce que tu vas faire ?

– Je crois que je vais profiter de cette bourse que tu m'as fait gagner avec mon dessin pour rester au Texas. L'université d'Austin a très bonne réputation. Et puis, je pourrai revenir le week-end.

– Tu pourras revenir le week-end ? répétai-je.
– Tu penses bien ! Et toi, tu pourrais me rejoindre l'année prochaine. Après tout, leur équipe de natation est l'une des meilleures du pays et ils...
– Oh, Mark. Ce serait génial !
Il regarda sa montre.
– Il faut que j'y aille. Tu as un avion à prendre demain matin, et moi, il faut que je me repose avant de commencer mes éprouvantes sorties avec Annie ! plaisanta-t-il.

Quand il partit, j'étais de nouveau sur un petit nuage. Mark à l'université d'Austin, et moi ici avec Ted ! Je me sentais prête à battre le monde entier.

Chapitre 19

– Tu ne finis pas ton petit pain ? demandai-je à Ted.
J'avais déjà terminé mon repas, mais les plateaux servis dans les avions sont faits pour des hommes d'affaires fatigués, pas pour des athlètes en pleine croissance.
– Tu as encore faim ? s'enquit Ted, légèrement inquiet. Avec tout ce que tu manges, tu vas finir par couler à pic.
– C'est le trac. Ça me donne toujours faim.
– Mademoiselle, dit Ted en arrêtant une hôtesse

qui passait, cette jeune personne se rend au championnat national de natation et meurt littéralement de faim. Pourriez-vous lui trouver autre chose à grignoter ?

– Une future championne olympique, c'est ça ?

L'hôtesse me fit un grand sourire :

– Je vais voir ce que je peux faire.

Et elle disparut au fond de l'avion. J'étais rouge de honte. Les passagers des rangées de devant se retournèrent pour me regarder.

L'hôtesse revint avec un plateau sur lequel s'entassaient des petits pains, du fromage, des fruits et une autre tranche de gâteau.

J'avalai le tout, ce qui m'occupa jusqu'à l'atterrissage à Los Angeles. Dans le taxi qui nous emmenait à l'hôtel, j'eus une bouffée de tendresse pour cette région où j'avais passé mon enfance. J'étais en Californie ! Je retrouvais un ciel bleu sans nuage, les collines en toile de fond, l'océan, les fleurs, les palmiers.

J'appelai ma grand-mère.

– C'est toi, Isabelle ? demanda-t-elle dès qu'elle eut reconnue ma voix. Tu es en Californie ?

– Je vais à la Mission Viejo, pour le championnat national.

– C'est merveilleux. Combien de temps restes-tu ?

– Quatre jours.
– Je vais demander à ta tante Samantha de m'y emmener. Je veux te voir nager.
– Ce serait super, Grand-Mère !
– J'essaierai aussi d'emmener ta cousine Angela. Cela lui fera du bien de voir autre chose. Les régimes et les vêtements, c'est tout ce qui l'intéresse. Pourquoi tu ne passerais pas quelques jours avec moi ?
– J'aimerais bien, mais je ne suis pas sûre d'avoir le temps. Tu m'as manqué, Grand-Mère.
– Toi aussi, tu m'as manqué. Tu nageras du mieux que tu peux, n'est-ce pas ? Pour me faire plaisir ?
Je raccrochai, réconfortée.

À quatre heures, je descendis à la piscine. Le spectacle était terrifiant. Dans les six couloirs, il y avait les meilleurs nageurs de tout le pays et, au bord du bassin, une rangée d'entraîneurs qui chronométraient, criaient, sifflaient. Dans le troisième couloir, je reconnus les maillots bleu et jaune de la Mission Viejo. L'entraîneur avait l'œil sur chacun de ses nageurs. Pauvre Ted... Il n'avait que moi comme élève.
Ce dernier posa sa main sur mon épaule :
– Allez, au boulot ! Commence par une centaine

de mouvements des bras et des jambes, ensuite tu travailleras le sprint.
Je cherchai des yeux un couloir vide, mais il n'y en avait pas et je ne voulais pas déranger les autres équipes en plein échauffement. J'avais l'impression d'être une petite nouvelle le jour de la rentrée des classes.
– Hé ! Isabelle ! C'est sympa de te voir. Viens t'échauffer avec nous !
C'était Ricky, mon vieux rival avec qui j'avais souvent partagé les trajets en voiture. Il avait encore grandi d'une dizaine de centimètres. J'entrai dans l'eau et commençai à nager.
– Je te cherchais partout, dit Ricky. Qu'est-ce que tu deviens ? Tu te plais au Texas ?
– Ça va.
– Tu me manques, tu sais. Je n'ai plus personne à attraper par les talons.
– Vous me manquez aussi.
– Qu'est-ce que tu nages ?
– Les deux épreuves de papillon, le cent-mètres crawl et le cent-mètres dos. Et toi ?
– Les deux-cents-mètres, le cinq-cents-mètres crawl et le quatre-cents-mètres de relais.
– Dis donc, tu as fait des progrès depuis l'an dernier ! Si je me souviens bien, tu n'avais été qualifié que pour le deux-cents-mètres crawl.

– Et attends de me voir à l'action demain !
La voix de Ted retentit :
– Isabelle ! Arrête de parler et nage !
Ricky jeta un coup d'œil à Ted :
– Il est toujours aussi méchant ?
– Plus que jamais, répondis-je en commençant l'échauffement.
À présent que je reconnaissais des visages, je me sentais beaucoup mieux.

Après l'entraînement, j'appelai Mark. J'avais calculé qu'il devait être neuf heures du soir au Texas. C'est sa mère qui répondit.
– Je suis désolée Isabelle, Mark n'est pas là. Je lui dirai que tu as appelé.
Je raccrochai lentement. Je venais à peine de le quitter, et il était déjà sorti...

Ce soir-là, il y eut un grand barbecue. Je passai la soirée assise dans mon coin, comme une gamine intimidée, une assiette de côtes de porc avec des pommes de terre sur les genoux.
Ted vint me rejoindre :
– Encore en train de manger ?
– Il faut bien. Tous ces grands noms de la natation qui se promènent un verre de jus de fruit à la main comme si de rien n'était, ça me déprime.

Ted sourit :
– Je ne serais pas surpris si après-demain c'était ton tour, et que les gens disent : « Regardez-la qui se promène un verre de jus de fruit à la main comme si de rien n'était. »
À ce moment, un grand moustachu s'approcha de nous et serra la main de Ted.
– Mon petit doigt me dit que tu pourrais bien venir chez nous, déclara-t-il en se tournant vers moi.
Il me fallut quelques secondes avant de me rappeler où j'avais déjà vu cette belle moustache poivre et sel : c'était l'entraîneur de la Mission Viejo.
– Euh..., bredouillai-je. En fait, je crois que je vais continuer de m'entraîner avec Ted, au Texas.
– Dommage ! Et bonne chance pour demain ! C'est toi qui devrais remporter le cent-mètres papillon.
Je ne me souviens pas bien du reste de la soirée. Je ne pensais plus qu'à cet homme important qui m'avait reconnue et qui me voulait dans son équipe.
Quand j'allai me coucher, il était trop tard pour téléphoner à Mark. Il devait être minuit au Texas, et je ne voulais pas réveiller sa famille.
« Je l'appellerai demain dès que je serai levée », me dis-je.

Lorsque j'ouvris les yeux, le lendemain matin, je ne reconnus pas ma chambre dans la pénombre. Puis la mémoire me revint, et je reçus comme un coup de poing dans le ventre. Le cent-mètres papillon avait lieu aujourd'hui !

Les qualifications commençaient à dix heures et demie, et les finales, si j'allais jusque-là, à sept heures du soir. J'avais une longue journée devant moi.

Je regardai ma montre. Il était six heures, soit huit heures au Texas. Je composai le numéro de Mark. J'allais interrompre sa grasse matinée du samedi matin, mais tant pis.

– Allô ?

– Mark ?

– Non, c'est son père. Qui est à l'appareil ?

– Oh, bonjour Monsieur Waverly, c'est Isabelle. Je vous appelle de Californie. Est-ce que je pourrais parler à Mark, s'il vous plaît ? Je n'aurais peut-être pas le temps de le rappeler plus tard et je l'ai raté hier soir.

– Mark n'est pas là.

– Ah bon ?

– Il est parti très tôt ce matin.

Il y eu un moment de silence pendant lequel je reconnus le bourdonnement caractéristique des appels longue distance.

– Je suis désolé, Isabelle, je lui dirai que tu as appelé dès qu'il rentrera. Et bonne chance !

– Merci, Monsieur Waverly.

Je me sentis découragée en raccrochant. Pourquoi Mark n'était-il pas là un samedi matin ? À moins que... À moins qu'il ne soit sorti hier soir et qu'il ne soit pas rentré. Sa mère avait eu l'air un peu embarrassée. Tout comme son père ce matin.

« Oh, Mark, pensai-je. Tu ne ferais pas ça, n'est-ce pas ? »

Je ne pouvais pas m'empêcher d'imaginer Annie profitant de mon absence pour le reconquérir. Je la voyais faisant mine d'être totalement paniquée par son exposé de chimie, je la voyais ratant son bus et disant à Mark qu'il était le seul de ses amis à avoir une voiture, je la voyais lui proposant d'aller au cinéma... Cela eut pour effet de me rendre encore plus nerveuse.

J'étais tellement stressée que je commandai pour le petit déjeuner des céréales, des pêches, des œufs, des saucisses, des beignets de pommes de terre et des crêpes. Et j'avalai tout !

– Courage, me dit Ted sur le chemin de la piscine.

– Hum...

– Tout va bien se passer.

– Hum...
– J'ai l'impression que tu n'as pas envie de parler ce matin.
– Hum...
« Il doit être rentré maintenant, me dis-je en me changeant dans les vestiaires. Je vais essayer de l'appeler encore une fois. »
Je me rendis dans la cabine la plus proche et composai une nouvelle fois son numéro. Personne. Il était temps d'aller m'échauffer.
Physiquement, je me sentais assez bien. L'eau était à la température idéale. Je vis sur le programme que j'étais tête de série numéro trois, et cela aussi me remonta le moral. Si seulement j'avais pu parler à Mark, tout aurait été parfait.
J'essayai une nouvelle fois de téléphoner.
Première sonnerie. « Réponds, Mark. »
Deuxième sonnerie. « Allez, décroche ! »
Troisième sonnerie. « Mark, c'est un ordre, décroche tout de suite ! »
Quatrième sonnerie. « Mark, je t'en prie, réponds, s'il te plaît. »
Après sept sonneries, je renonçai. Mark ne répondrait pas.
Je retournai dans les vestiaires vides et m'assis sur le banc, la tête entre les mains. Pourquoi les vestiaires sont-ils toujours aussi tristes ? Pas de

fenêtres, que des placards gris ou verts. Ils auraient bien eu besoin que Mark les repeigne...
– Vous nagez le cent-mètres papillon ? demanda une voix derrière moi.
Je sursautai comme si l'on m'avait réveillée brusquement.
– Oui.
– Alors vous feriez bien d'y aller. Ils ont déjà distribué les dossards et ils sont en train de faire passer la dernière qualification pour le deux-cents-mètres brasse.
Je pris ma serviette et partis en courant. Ted se précipita aussitôt vers moi :
– Mais où étais-tu passée ? Je t'ai cherchée partout. Tu m'as fait une de ces peurs ! Va te mettre en place. Et souviens-toi de ce que je t'ai appris. C'est un sprint, tu fonces, tu ne t'économises pas. Il faut que tu fasses exploser ce plongeoir et que tu te donnes à fond sur les quatre longueurs. Tourne le plus rapidement possible et donne un coup de pied en sortant de l'eau. Dans la dernière ligne droite, quand tu seras parvenue à la partie rouge de la ligne, mets la tête dans l'eau et fonce. N'oublie pas qu'une course peut se jouer à quelques centièmes de seconde. Le dernier effort est très important. Compris ?
– Tu me l'as déjà dit un millier de fois.

– Vas-y, Isabelle, dit-il en me serrant dans ses bras.

Je me dirigeai, seule, vers les plongeoirs. Le haut-parleur hurla.

– Septième épreuve, cent-mètres papillon féminin. Première série, prenez place, s'il vous plaît. Au couloir numéro un...

Huit nageuses montèrent sur les plongeoirs. Le coup de pistolet marquant le départ de la course retentit et elles plongèrent.

Il y avait trois séries en tout et, selon les règles internationales, le meilleur nageur se trouvait dans le quatrième couloir. Je nageais en troisième série, dans le quatrième couloir.

La deuxième épreuve des qualifications achevée, les filles sortirent de l'eau, les yeux rivés sur le panneau qui affichait leurs temps.

– Troisième série. Prenez place, s'il vous plaît.

J'enlevai mon peignoir et me dégourdis les bras et les jambes. Les supporteurs criaient et applaudissaient dans les tribunes.

– Au couloir numéro un, du club de natation de Santa Clara...

Concert d'applaudissements.

– Au couloir numéro deux, d'Amberjax...

Nouveaux applaudissements.

– Au couloir numéro trois, de la Mission Viejo...

Encore plus d'acclamations et de supporteurs pour l'équipe locale.

– Au couloir numéro quatre, nageant pour les Marlins du Texas du Sud, Isabelle Webster.

Je montai sur le plongeoir. J'entendis quelques applaudissements polis, puis soudain une voix cria :

– Allez, Isabelle ! Vas-y ! Écrase-les !

Stupéfaite, je jetai un regard à ma gauche. Est-ce que j'avais rêvé ? Aurais-je pu rêver une chose pareille ? Non, il était là ! Mark était là, me faisant de grands signes.

– Pour le cent-mètres papillon, Mesdemoiselles. À vos marques...

Mon corps se tendit, prêt à s'élancer comme un boulet de canon. Mark avait fait tout ce chemin pour me voir nager, je ne pouvais pas le décevoir. Au coup de pistolet, je plongeai et l'eau se fendit comme pour mieux me projeter vers la victoire.

FIN

Cœur Grenadine

PASSION DE LIRE

MON DOUBLE ET MOI

LE SECRET DU ROCKER

UN GARÇON DANS LE DÉSERT

LA FILLE SUR LE PLONGEOIR

UN DUO D'ENFER

DESTINATION AUSTRALIE

Impression réalisée sur CAMERON
par BRODARD ET TAUPIN
La Flèche
en avril 1997

Imprimé en France
Dépôt légal : mai 1997
N° d'Éditeur : 2883 – N° d'impression : 6819R-5